U0810822

迟来的告白

我和我妈妈

黄惠侦——著

百花洲文艺出版社
BAIHUAZHOU LITERATURE AND ART PRESS

图书在版编目（CIP）数据

迟来的告白：我和我妈妈 / 黄惠侦著 . — 南昌：百花洲文艺出版社，2018.9
ISBN 978-7-5500-2964-4

Ⅰ. ①迟… Ⅱ. ①黄… Ⅲ. ①散文集－中国－当代
Ⅳ. ① I267

中国版本图书馆 CIP 数据核字（2018）第 188249 号

江西省版权局著作权合同登记号：14-2018-0200

本书由远流出版事业股份有限公司正式授权，经由 CA-LINK International LLC 代理，由北京儒意欣欣文化发展有限公司出版中文简体版。未经书面同意，不得以任何形式任意重制、转载。

迟来的告白：我和我妈妈
CHI LAI DE GAOBAI: WO HE WO MAMA
黄惠侦　著

出 版 人　姚雪雪
出 品 人　柯利明　吴　铭
总 策 划　张应娜
责任编辑　游灵通　程　玥
特约策划　大　茶
版式设计　张志浩
封面设计　苏　艾
出版发行　百花洲文艺出版社
社　　址　南昌市红谷滩区世贸路 898 号博能中心Ⅰ期 A 座 20 楼
邮　　编　330038
经　　销　全国新华书店
印　　刷　大厂回族自治县德诚印务有限公司
开　　本　787mm×1092mm　1/32
印　　张　7.75
字　　数　100 千字
版　　次　2018 年 9 月第 1 版第 1 次印刷
书　　号　ISBN 978-7-5500-2964-4
定　　价　42.00 元

赣版权登字　05-2018-333
版权所有，侵权必究
发行电话　0791-86895108
网址　http://www.bhzwy.com
图书若有印装错误，影响阅读，可向承印厂联系调换。

黄惠偵導演的記錄片

《日常對話》

感動人，有能量，毫不手軟的

逼視自己的生命情境，

令人起敬，我推薦她。

侯孝賢

——侯孝贤对黄惠侦纪录片《日常对话》的评价

你爱我吗?

原来这个问题的答案可以不是肯定句，也不是否定句。

而是一段很长很长的感叹句。

妈妈的家乡一直是个我很喜欢但她自己很不喜欢回去的地方。

这一幕餐桌对话，是电影中关键的一场，对我的人生来说也是。

成为母亲后，看着我母亲，许多事才有了理解与答案。

就算一起生活，相处了三十多年，她却仍然像是我最熟悉的陌生人。
所有那些她不肯说的，我也不敢开口问。

她担任“牵亡阵”红头法师，兴趣是抽烟、打牌，还有收集槟榔盒上的清凉美女图。

从六岁开始我就跟着我妈一起演出，直到成年。

拍片期间拍下我们家第一张全家福。

我妈和她的兄弟姐妹的关系淡薄，似乎有种相忘于江湖的感觉。

自序

伤痕，没有什么好丢脸

二〇一四年，当我第一次认真地对我母亲说出，我想要拍摄她的故事，拍摄一部关于我们家的电影时，她的第一个反应是：谁会要来看我们家的故事?

是啊，谁会想听自己那些伤痛与不堪的生命经历呢? 那些事不是应该藏起来，藏得又深又紧，免得被别人发现了难堪，被自己察觉了难过吗?

多数的我们都是这样想，这样相信，相信自己的故事不值得被诉说。我们甚至相信人生的伤口应该要遮掩，不敢去直视，更不敢被他人看见，否则就丢脸。

真心觉得，建构出这种价值观的社会才丢脸。

所有那些个人与个别家庭的故事，从来都不只是个人与个别家庭的事。尤其那些难以启齿的私人过往，都反映了某个时代、某种社会价值的问题与病征。

不管是电影或书写，我都无心去说一个充满苦难不幸、赚人热泪的悲情故事，更不希望有人把这看成是一个所谓力争上游、苦尽甘来甚至翻转人生的励志故事。

透过那些被记录下的影像与这些文字，我希望大家看见的，是自己。

看见自己的伤口，看见自己为何跨不过去，看见自己所遭遇的那些并非全无意义，看见自己，其实还有修复自己的能力。

最后，如同每部电影的片尾总要跑上一长串的感谢名单，书的出版当然也是一样。成就每件被看见的事物背后，总有许多不被看见的人们。这本书的完成，首先要感谢的是远流出版公司的支持，以及五楼那群可爱又接地气还会邀我一起团购的编辑；谢谢明雪总编相信这个故事应该被看见；谢谢孜懃总是坚定却温柔地催促我持续书写；谢谢曼灵时常在头脑打结的下午时段提供提神的甜点；谢谢珮如帮忙邀请多位老师帮我作推荐并给我鼓励。

谢谢陪我拜访出版社的阿杰和恬恬，如果不是比我更积极的你们二位，我应该就不会认真思考将这些故事化为文字，印刷成书。谢谢宝瓶文化的亚君社长，因为这本书的起点来自你。

谢谢我妈，为我的部分记忆补遗；谢谢我妹，三不五时就问我写好了没；谢谢女儿，依照惯例撒娇、耍赖、拖延所有进度的安排，让我不至于太专注于工作而失去太多与她相处的时间。

谢谢天地，谢谢曾所经历的那些悲与喜。

谢谢翻开此书，并且打算继续读下去的你。

目录

Part 1

我的妈妈：阿女

我和我媽媽

The Priestess Walks Alone

"奉香拜请。

"香烟采起，神通万里，香烟沉沉，请众神降临。今日在显妣江氏黄老太夫人灵前，你的女儿不惜重资聘请本坛牵亡歌团，带领你的亡灵攀山越岭，过桥过沟，去到西方极乐世界逍遥自在，自在逍遥。

"亡灵啊亡灵，请你跟随着本坛娘妈，即刻起程。"

这是一段我从小听到大，牵亡歌阵红头"法师"开场的念词。

牵亡歌阵，是台湾地区一种几近消失的民俗丧葬阵头，也是我从六岁到二十岁帮家里赚钱的工作。

是的，工作、赚钱，从六岁开始。

我想，这故事得要从我母亲开始说起。

我妈，阿女

月女，是我母亲的名字，熟识她的人都叫她阿女。月亮及女性，让人联想到的常常都是阴柔的事物及感觉，但若你有机会见到我母亲，你大概很难将她和这名字搭在一起。

我妈生于一九五六年，云林县北港镇的一处偏僻小农村，举目望去都是水稻和花生田，那个时代田里种的都是真的农作物，而不是假农舍，绿油油的一大片一大片。村子里每户人家相隔的距离，走路最少都要五分钟。除了夏日的熊蝉、草蝉叫声，以及村民们的信仰中心——春姑婆庙一年一度的祭典之外，整个村子常年都很宁静。

我妈在家中排行第五，有两个姐姐、两个哥哥，还有一个弟弟，若不包含夭折的那几个孩子的话，她们家连她在内总共有六个兄弟姐妹。我妈的家就和邻近村子里其他人家一样，拥有几分地在种稻、种玉米、种花生，只是务农的收入极少，勉强能养活六个孩子，实在没有办法供每个小孩都到学校读书，尤其在那个重男轻女观念还是很严重的年代，女孩连六年的小学都没机会去读。

不过我妈却成了她们家中唯一一个上过学的女生，原因是她二姐的坚持。据说跟她相差十几岁的二姐在少女时期北上到工厂做女工，深深觉得自己没念书不识字，没有机会学习知识，她感到很不公平，也很痛苦，所以哀求父母一定要让她的幺妹阿女去读书。或许是外公一时心软，又或许是这个二姐当时扮演着家中经济供给者的角色，说话比较有分量，总之，外公破天荒地让家中的小女儿也一起到村子里的小学上学去。

由于我妈和她的兄弟姐妹几乎不往来，所以我和这些大舅、二舅、三舅、大姨、二姨，也都维持某种程度的陌生，因此我并不清楚为什么我妈的二姐——我的二阿姨，会那么强烈地坚持女孩的受教权；但我真的打心里佩服她，因为她在那时所坚持及争取的，是那么正确又重要的事。学习的机会每个人都应该有权拥有，不管是在什么年代、地方，和什么性别。

可惜我妈天生不爱念书，她不知道当初她二姐是多不容易才争取到让她和哥哥弟弟一样可以背着书包去上学的机会。问起她的小时候，她记得的大都是跟学校不太相关的事。

不传统的女孩

小时候，她总是跟年纪各相差了五六岁的二哥和小弟玩在一起。她和她的大姐相差整整二十岁，和大哥、二姐也差了十几岁，相较起来，他们三个的年纪算是相近的。在不用去学校的日子，他们三个会从村子头跑到村子尾，一起偷偷挖起还没成熟的地瓜，从树上打下还未由青转黄的芒果，还有在水塘边钓青蛙，在田边捉蟋蟀，一起追打邻村的小孩，也一起被别的小孩追打。

等到该上学的日子，我妈和她的小弟还是背着书包到处跑，只有她二哥比较认份，会乖乖去学校读书。我妈说，她小弟的书包里从来不放书本，但比别人的书包还重，因为里头装满了他捡来的各种形状的大小石头和自制弹弓，那些都是他用来打林间小鸟的工具。至于她自己的书包里，总是空荡荡，等着去盛装各种偷摘、偷挖、偷拔来当零食的农作物。

除了被发现作物被偷摘而怒气冲冲的农人追之外，乡下地方平常不太有什么娱乐跟刺激事儿。小小年纪的我妈不知道从哪来儿的灵感，居然找来火柴，偷偷地引燃火苗

阿女（右）和她的大姐

烧了猪圈，然后再装作无事人一般跟着慌乱的大人们一起围观。她说看着猪仔一边跑一边叫真是好热闹、好有趣。村子里被她放火烧过的猪圈不止一处，所幸每次大小猪仔们都没事。

我妈小时候到学校认真学习的时间虽然很少，但每回学校考试她的成绩都不差，五十多个人的班，她的成绩大体都在十几名，比起总是考倒数第二名的小弟，她算得上是家中比较聪明的孩子。只是我妈人生中能上学读书的时间配额，并没有因为比较聪明而多增加一些，小学毕业之后，她就只能留在家里帮忙做家务和农活。继续读书，在那个年代会被认为只是徒增家里的经济压力以及日后不容易嫁出去的风险。

生在农村的女孩，要进得了厨房，也要下得了田场。但我妈却两者都不擅长。或许就是因为这样，所以她很不讨我外公的喜欢，再加上总是在村子里闯祸，几乎每天都会被外公追着打。妈妈说外公的脾气暴躁，而且非常重男轻女，从小家里六个孩子，只有三个男孩会拿到外公给的零用钱，女孩能分到的只有外公分派的繁重家务和农活。

妈妈说，每次外公发起脾气准备打她的时候，她就会立刻往屋外跑，跑过家里平常晒稻、挑花生的大埕，再继续往更远处的甘蔗园跑去，然后藏身其中；再不然就是找棵大树死命往上爬，爬到我外公就算看见也够不着的高度，继而转身挂坐在树干上，直到看见我外婆做完田里农活缓缓从小路走回家的身影时，她才会从树上下来，跟着我外婆一起回家。

如果要说在我妈生命里有哪个人最善待她，也让她愿意依赖的，应该就是我的外婆了。

我妈说外婆很疼爱她，总是会偷偷塞给她一些零花钱用，也不太让她到田里帮忙做粗活，当然，还总是护着她不被外公追打。尽管这些都只是旁人听来不怎么样的小事，但我不难理解为什么光凭这些，就足以让我妈相信外婆很爱她。很多时候，那些会伤害我们一辈子，或是让我们感受到爱进而成为力量支持我们一辈子的，常常都是来自一些他人觉得没什么的小事。这些事细小琐碎，却能深深嵌进心底的缝隙，让人牢牢地记住。

在我妈心中排名紧接在我外婆之后的，应该是她的外婆。

虽然我妈在我那重男轻女的外公手上从来拿不到零用钱，但她总有别的办法。如果不是使些小聪明、小伎俩从她弟弟手中把钱骗过来，就是要花力气骑上好一段路程的脚踏车，去跟她住在邻村的外婆讨。我妈说她的外婆人很好，每回见面的时候都会帮她们缝补已经穿得破旧的衣物，一针一线慢慢缝、细细补。她的外婆是个极有耐心的人。但我妈最喜欢的是每回来访她，都会给小孙儿们零用钱，有时两角，有时三角，而且一定人人有份，六个兄弟姐妹不论男女长幼都拿得到。

每回她去外婆家，除了能得到放在口袋里叮叮响的铜板，通常还会附带一顿点心，最常吃到的就是白面线。一小团雪白面线放在滚水里烫一烫，无油无盐没有任何调味，也能让我妈吃得很开心。对于在家每天都以番薯签当三餐的她来说，素白面线就已经非常美好丰盛了。能给予她这些的外婆，成了她第二喜爱的人。

就在我妈和她的小弟还待在村中小学校里读书认字、打打闹闹度过末段童年的时候，她的大姐和二姐已嫁出门许多年，且相继生了孩子，而她的大哥和二哥在初中毕业后也依次离开家乡，北上到城市里当起建筑工人。我的母亲阿女本来也应该和她其他的兄弟姐妹一样，依循着相似的轨迹，一步一步走上基调相同、唯细节相异的人生；如果，她喜欢的不是女人，而且她后来嫁的人也没有酗酒家暴的话。

如果没有这些如果，她的人生应该会很不一样。

而我的也是。

阿女出社会

一九七〇年，我妈十四岁，她和村子里几个年龄相仿的邻居友伴一起离开北港的老家，来到台北工作。第一站去的是新庄中正路，她在那里的纺织工厂当纺纱学徒。那个年代正是台湾地区纺织业的兴盛时期，纺织业是出口贸易的重要创汇产业，纺织工厂创造了大量的工作机会，从南部的农村到东部的原住民部落，都有许多年轻女孩被招募到北部工厂当学徒、女工。

刚到城市工厂工作的时候，我妈说她时常躲在棉被里头哭，每天都想着要回家去找我外婆。但每次偷跑回去后，总是会被家人劝回台北，因为他们说乡下农村没有工作、没有出路，年轻人不应该留在那里，留下来，只会增加家里的负担。

那几年我妈就在台北、北港之间来来回回往返好几次，一直到十九岁，她认识了生命中第一个女朋友才稳定下来，不再每天想着要回家。

当时纺织物产量需求很大，工厂除了端午、中秋和春节之外，其他日子都是无休假状态地日夜运转。厂内的女孩们肉身困在机台前，用无价的青春年华，不断制造出一批又一批有价商品。那些在生产线上拼命工作的年轻女工，到了休假日大多会成群结队出去游玩，一方面纾解密集劳动的压力，一方面也趁机见识一下和家乡不太一样的城市风光。

我妈和她的女工朋友们结伴去玩的地方，通常是工厂附近的各个庙口，因为那里有免费的野台歌仔戏可以看。比起要花钱去其他游乐景点或去戏院看电影，免费的野台歌仔戏是经济不宽裕的她们最好的消遣娱乐。

我妈和她第一任女朋友就是在庙口看戏时认识的。我妈是观众，她则是台上扮相俊美的演员。

何以看戏能看到跟台上演员交往，我妈总是含糊带过。只说记得当时是夏天，她打扮得很帅气利落，穿着白上衣、白长裤，一身雪白很抢眼。有回她去看戏的时候突然下起雨来，戏台有搭棚子不怕雨，但台下的观众席可是完全露天没遮没掩的，结果台上那位小生演员说担心我妈被淋湿，就拿了把伞下来借她，我妈就这样撑着伞在雨中把戏看完。

戏台上的演出结束了，但雨还没停，台下的故事这才正要开始。

当我妈看完戏要把雨伞送还，结果那位俊美的小生没收回，又写了张留有她电话与地址的字条交给我妈，她们俩就这样开始了电话谈情。同一年里，我妈就离开工厂宿舍搬到那位小生家里同住了。

她跟我妈年纪相近，只大我妈两岁，她们认识的时候那位小生演员也才二十一岁，仍和她的父母住在一起。有趣的是，她的父母看到家里突然多了一位年轻女孩来借宿，没有多问也没有不悦，据说还时常炖煮一些补品让我妈她们一起补身体。

她们住在一起两年多，其间每次有演出，我妈都会跟着去，那位在台上演出，她就在台下欣赏，下戏之后再一起回家。

那个时候我妈已经无心再到工厂上工，就靠之前在纺织厂存下来的一点钱支应生活，因为吃住都在女友家，所以不太需要什么花费。我想，这应该是我妈人生中唯一一段最接近“小白脸”状态的时期，因为在往后的交往史里，她都是花钱养对方的那个人，再也不是被照顾的那一方。

由于我妈的第一任女友很受观众欢迎，拥有非常多的戏迷粉丝，平日没有演出的时候，时常有来自各地的戏迷想邀她四处去吃好吃的东西或出门游玩。刚开始遇上这种时刻，我妈都会说她留在家里等就好，免得跟出去让戏迷们不开心。但随着应约出游的次数愈来愈多，她们俩也慢慢开始产生摩擦，大争小吵不断，每次一闹不开心，两个人就会好几天不肯跟对方说话，常常需要女友的妈妈出面缓和调停，两人才会和好。

即便每回争吵过后能够和好，但问题根源没有真正解决。两人之间的裂缝不可能会自行愈合；不只是爱情，所有的关系都一样。所以她们两人的争吵仍然持续，在吵得最凶的那次，我妈将她们交往期间女友送她的所有物品，从衣服到金戒指，一件件在床上排列整齐留在女友家，一个人毅然决然地离开。

那一年我妈二十一岁，在这段只维持一年半左右的初恋结束后，她没有工作，没有钱，也没有爱情，只好回到北港老家投靠父母。

恋情结束，婚姻开始

二十一岁的单身女孩，在二十世纪七十年代的农村属于被担心的物种，不婚不嫁不仅会被认为未来没有依靠，谁家里要是有个嫁不出去的女儿，还会成为邻居三姑六婆说闲话的材料。可以想象，我妈在回乡之后，迎面而来的就是家人要她嫁人的期待与压力。

我的外婆以拜访住在嘉义姑姑的名义，带我妈进行了一趟相亲之旅。相亲的对象叫作阿源，长我妈五岁，是个客家人。在大家初次碰面的现场，除了我妈之外，还有我外婆、姑婆、二舅，以及阿源和他的家人。我妈说，她看见那个阿源的第一眼就没有好印象，觉得他一脸横肉、目光凶狠，不像是个好人。但二舅告诉我妈，不能以貌取人，而且太乖顺的男人在社会上容易被欺负，不一定更好。

在那个相亲会的现场，除了我妈之外，没有第二个人对阿源感到不满意，于是等到他们第二次见面的时候，我妈就成为了阿源的太太，跟着他回到北部生活。

我妈当时之所以没有太用力抗拒那门婚事，除了因为家人已经帮她做了决定，也多少还有点赌气的心态。

我妈和她的女友两人都在分手后没多久就各自结婚嫁

人，婚后几年她们又重新联系上，才知道彼此的婚姻生活都过得很不顺遂。但在那个时候，她们却已经没有余力再为对方做些什么，或是去改变些什么了。

虽然被送入一段不是自己特别期待的婚姻，但在刚结婚的那些日子，我妈还是试着接受这个现实，跟着在当油漆工的阿源四处刷油漆，一起打拼赚钱，期待在未来能供养一个自己的家。她说，如果阿源是一个顾家、愿意照顾老婆也会照顾小孩的男人，她应该就会跟着他过一辈子。和其他女人一样，这样的人生会比较轻松简单，也比较单纯些；即便，她知道自己心底真正爱的是女人。

也不知道是幸还是不幸，她嫁的阿源并不是那样的一个人。

我妈在结婚的隔年生下我，那年她才二十二岁。孩子出生后，她没办法再继续跟着我父亲到工地刷油漆，带个小婴儿也不可能再回到工厂去当女工，只好留在家里照顾我，并期待我父亲会开始认真努力工作，扛起这个家的生计。

她的期待当然没有实现，我的父亲仿佛完全没有意识到他已经成为人父，也不觉得自己有承担一个家的责任，照常继续喝酒赌博，等到喝完、输光，身上没钱了，才会去上工刷个两天油漆赚点现金，然后重回他的酒场与赌场。

有好长一段时间，我妈是靠着她那三位也在北部工作的哥哥姐姐们的接济，勉强养活她自己和我。但这不是长久之计，她不可能一直依靠哥哥姐姐过活，而且他们也有各自的现实需要面对。在我妹妹出生之后，我妈知道无论如何她一定得想办法自己出去工作赚钱，否则我们母女三人的日子没法过下去。

出阵演出，养活家人

她在我们家附近找到一个家庭保姆，因为没办法负担月费，只能以日托方式将我跟妹妹交给保姆，然后跟着以前做女工认识的朋友一起去跳牵亡歌阵。

我妈会知道牵亡歌阵这个工作，是因为以前还在工厂当女工的时候老爱到庙口看戏，某次遇到有人在戏台下招揽年轻女孩去打工学跳牵亡歌阵，她就跟着人家一块儿去凑热闹。没想到学牵亡歌的过程太辛苦，除了要学唱念歌词口白，还得会下腰、劈腿、翻筋斗，简直就是杂技团，于是招来的女孩全都被吓跑了，反而是原先只想来凑个热闹的我妈留到最后，学到了基础功夫就跟着出团兼职打了一阵子工。

由于牵亡歌这个工作不用每天出门，工时短且工资比工厂还高，更重要的是出阵当天就有现金可领，救急又实际，是当时我妈最好的选择。等到我和妹妹再大一点，大约分别是四岁、两岁，都已经会自己走路、吃饭之后，我妈就开始带着我们一起去跳牵亡歌，这样连日托保姆费都可以省下来。

每到牵亡歌要出阵的日子，妈妈就会骑着她的摩托车，把妹妹背在后面，让我站在前方，母女三人从我们中和的住所骑到万华团长家集合出阵。歌阵要开始演出的时候，我妈会摆好两张板凳让我和妹妹与丧家家属们坐在一旁，再塞给我们两人各一包饼干糖果，我和妹妹就会乖乖地喂食自己，一边吃一边等她工作结束。

就这样跟着看了两年之后，我从只是乖乖坐在一旁的小跟班，以六岁的年纪成为当时最年轻的歌阵演出成员。

已经没人记得到底是怎么开始的。究竟是妈妈先开口要我去学，或是我主动跟着妈妈、阿姨们胡乱模仿弯折自己的身体，劈腿、下腰、翻筋斗，总之一切好像都很自然，就这样发展。如同其他长在底层家庭的孩子，家人是在夜市摆地摊的你就跟着叫卖，家人是做小吃的你就帮着收碗盘，没有应不应该和为什么，那就是生活的一部分。

我学着跳歌阵的头一年，因为我妈当时待的那个团并

路边牵亡阵广告

不缺人，她就把我送到另一个团里工作。我还记得那对团长夫妻住在台北桥附近，团长太太叫阿莲，有着一副沙哑的嗓子和大姐头般大剌剌的性格，为人非常亲切。初次见面的时候，我妈交代我要称呼她阿莲妈妈，那也不是因为她跟我妈交情特别好，而是几乎所有我妈的女性朋友，不管已婚未婚，她都要我叫人家妈妈。阿满妈妈、淑美妈妈、妮妮妈咪、阿丑妈妈……也许那是我妈的某种生存策略，为了让她的小孩能够得到多一些看顾。

那段时间每次要出阵都是我妈骑车先送我到台北桥，她再绕回万华的另一个团上工。可能因为这样太费事，也可能是因为我妈在外面做了几年阵头之后有了些心得，于是她决定也要组个歌团，自己当团长，如此一来我们就不用赶到别人家中集合，只要在家等团员过来报到就好。

创业与事业

组团其实门槛不高，只要准备个几万元购置喇叭音箱、麦克风、扩音机、三弦琴及其他相关工作，最后再找人定制演出时的主要道具——棚轿一顶，以及舞者们的演出服装，器材的部分就算齐备了。比较困难的，应该是如何招募到愿意加入她的团的演出成员。

歌阵的组成总共需要六个角色：三个前场舞者、一个法师、一个三弦琴师，外加一个开车的司机。这当中，三个舞者容易解决，我妈带着我，再加上她游说了同样也是跳牵亡歌朋友的妹妹一起加入，舞者班底就有了。但法师和琴师就比较伤脑筋，因为这两个角色要负责整个演出过程的唱念与口白，不是随便拉个人就能应付，必须找到真正懂得牵亡歌演出流程的师傅才有办法担任。

当时我妈所认识的人，大多已经是其他团的固定成员，阵头的表演者虽然不像艺人们有签什么工作合约，但团长与成员之间还是会有某种默契，只要双方没有太大的不愉快或特殊原因，通常成员们也不会突然离团或换东家。后来，我妈是以提供更高的工资为条件，挖了其他团的法师与琴师。有了这两位得来不易的成员之后，我妈的牵亡歌团就这样正式成立了。她还帮自己印了几盒名片，简单的素色卡纸上，印着“阿女牵亡歌团及各式阵头”几个大字，还有中和家里的电话号码。从那天开始，我二十八岁的妈妈多了一个创业女性的身份。

只要是经营生意，不管哪个行业，想要生财大概都免不了需要一些应酬交际，就算是经营丧葬阵头也不例外，因此我妈在成立歌团之后，不在家的时间变得更多了。以前只是当人家团员的时候，她都是等老板发出阵通告时才需要出门工作，但在当了团长之后，连没有出阵的时候也得出门“工作”。只是工作的内容变成了与各种阵头的中介人——葬仪社的老板们一起聊天、喝茶、抽烟、吃槟榔，还有下象棋、打麻将，地点不是在葬仪社店内，就是在离葬仪社街不远的中和大庙口。

我想大约是在这时期，我妈就确定了她人生的事业方向。

不，并不是牵亡阵头，她说出阵只是份谋生的工作。

输赢快速的象棋麻将，才是我妈人生中认定的大好事业。

在我妈的左手无名指侧边，藏着一颗颜色黑亮的痣，曾有算命师告诉她，那是一颗吉痣，代表她想学什么功夫都能很快上手。不怎么信鬼神的我妈，倒是挺相信那位算命师对她说的这番话。她把自己能够无师自通地学成牵亡法师，以及很快就搞懂象棋麻将的牌规、推算上下家在听什么牌等事，都归功于她手上那颗吉痣。

我妈会接触象棋麻将，原本只是为了跟葬仪社的老板们打混、博交情，一开始输了不少赌金当学费，所以大家都很喜欢让她这个不怕输的菜鸟加入牌局。不过我妈到底是个有些小聪明的人，在边赌边练习一段时间后，她慢慢摸熟几个牌友的习性，也掌握了一些听牌技巧，局面就开始转变了。我妈赢牌的次数渐渐多过输牌，再后来，她还给自己博得一个“很会赢钱的阿女”的外号。我妈之前大概从来没想到，原来赌博能赚钱，而且比什么工作都轻松，不需要劳力也不用风吹雨淋，简直不可思议。

赌，这事难免会让我想到父亲。

终日流连于赌场的父亲，在那个好赌标签的背后，会不会也有那么几分心思是希望赚得更多的钱来给妻小过个好日子？只是无奈运气从未站在他那边，输急了只能投入更多期盼翻身，可是投入更多就更无脸面对家人。等到这样的恶性循环到了极限，一切都已在深渊，别说翻身，连爬出深渊的可能都没有了。

有时运气若不帮忙，再好的人都会往下掉。终究，我还是要感谢命运，虽然没给我妈好命，但起码没忘了给她留下一丁点好运。

我妈后来偶尔也会带上我跟妹妹两个一起去打牌。她和葬仪社老板在打牌的时候，我跟妹妹就在一旁和葬仪社老板的小孩玩办家家酒。这场景说起来好像没什么，但如果把镜头拉近来看的话，其实有种黑色电影的荒诞幽默感。

葬仪社店内摆满了他们经营贩售的商品，包括各种颜色与材质的骨灰坛、各种大小的花篮罐头塔、神主牌位招魂幡、迷你金童玉女等各种灵桌周边，以及他们的主力商品——手工客制化棺木。这些巨大的棺木通常都连着上盖立起来，陈列在店内四周。碍于空间限制，往往会有两具棺木横放在店中央，一具是正在做外部上漆及内部细修准备近日出货的，另一具则是长年不变没有上盖的原色棺木。葬仪社老板总是将他们家还不会走路的婴幼儿放在里头睡觉和玩耍，看起来就像是个棺木造型的游戏床，有时里头还会有迷你金童玉女人偶充当芭比与肯尼，小奶娃一样玩得很开心。

由于棺木已经占据店里绝大部分的空间，每次大人们要再多摆张茶几打牌，余下的空间就瞬间被填满，我们几个小孩只能待在每具棺木旁的空隙间小心地玩游戏。要是动作大一点，大人们就会大声呵斥，说要是把棺材弄倒我们会“啾”一声被压扁，每回都吓得我们几个小孩连说话都很小声。

妈妈在外面与这些葬仪社老板们相处的时候，看起来总是开心又轻松。她会说很多很多话，会爽朗地哈哈大笑，完全不像在家里面总是很沉默。但即便她大声说话，大声笑着，你似乎也很难断定她是否是开心的。她就好像那些庙会阵头里的大头娃娃，在咧着嘴笑的彩绘人偶大头底下，没有人知道里面的人真正的表情是什么。

或许是我妈的应酬交际工作做得还不错，也可能我们团的演出有些好口碑传了出去，我们家的牵亡歌阵生意渐渐稳定，我妈到葬仪社店里打牌交际的次数也变少了，甚至后来有时去跟葬仪社老板收取牵亡阵演出费用，都派我出门去收。她待在家里看她最喜欢的“猪哥亮歌厅秀”，等我收齐款项带回去交到她手上。

每回我妈拿到钱之后，就会坐在床上开始“分钱”。她会先把全部的钱点过一遍，确认我收回来的金额无误，接下来一轮再把那些纸钞依照团员的角色分配大家应得的工资，当然也包括我们自己的，然后她会把分好的团员工资一份一份卷起来，用橡皮筋分别系紧。我们自己的工资她会再进行第二轮分配，那些一百、五百、一千的纸钞会被拆成好几份，分别藏在家里的几个地方，包括达新牌塑料布衣橱、床边木桌或是床头柜，有时也会藏在床底下或是床底与弹簧床之间。因为总是到处乱藏，有时连她自己也会忘记到底把钱藏在哪里，需要用钱的时候才在家里到处翻找。

一直不太懂得我妈是如何分配收入，但是我能明白她为什么需要把钱这样东塞西藏。

最初，我父亲只是不给在家带两个小孩的我妈家用，后来我妈开始组团演出自己赚钱，他开始变本加厉，逼我妈将她工作的收入交给他。

不止一次，父亲用暴力威胁逼迫我妈拿出身上所有现金，以及她的银行存簿和印章。她老老实实把辛苦工作得来的钱存到银行，结果最后全都变成我父亲的赌本和酒资，而我妈只能落得再一次身无分文的境况。后来她大概是意识到就算把钱存在离家远远的银行一样不安全，于是干脆放弃了存款，直接把钱分批藏起来，运气好的话至少还能留下一点点。

在我们生意最好的时候，我妈还会去夜市的银楼买金饰，有些跟现金一样藏起来，有些会穿戴在我们身上。买给我和妹妹的通常是用红线串着的金坠子，只要把坠子那一端藏在衣服下，两个小孩脖子上挂的红线看起来就像是宫庙里求来的香火平安符，反而比到处藏起来还安全。

我妈说黄金可以保值，有钱的时候买起来存着，没钱的时候就拿去典当换现金。是不是能买在金价低点，卖在高点，不是她考量的点，她求的只是分散风险，不要一次全都被我父亲搜刮走。

每回要是发现我父亲又将家中的钱或黄金拿走，就是我和妹妹要把皮绷紧的时候。因为我妈会特别容易发怒，特别容易动手狂打我和妹妹。竹条、铁衣架、塑胶水管，都是我妈用来打我们的道具，她时常把竹条打断、把衣架打弯，怒气让她变得像头抓狂的兽，或者说是变得像我父亲，总要等我们跪在地上哭了好久好久，她才会慢慢恢复成人，带着泪在我们的伤口上擦药，变回那个我们唯一能依靠的母亲。

原来暴力像病毒，会扩散，会传染。

逃离的必要

这种情绪高压下，宛如谍对谍一般没有安全感的生活，谁都难以撑下去。

在忍受了十年之后，她终于下定决心要离开。依照我妈的说法，她在带着我们离开前，其实没有花太多时间做太多准备，因为根本没有什么可以准备的。唯一让她花了些时间思考的，是要带谁走。

她曾经想过自己一个人离开，因为想到没有积蓄又前途茫茫，要是带走我们姐妹俩，很有可能我们母女三个都活不下去，那样的结果一样惨。但若不带走，我们两个肯定不会有好下场。那么只带走一个呢？她可能还照顾得了，但留下来的那一个怎么办？几种可能想来想去，她最后还是选择两个小孩都带走，因为就算活不了，三个人至少还能死在一起，她至少心底没挂碍。

虽然未知总是让人恐惧，但若做好最坏的打算，好像也就没有什么再要多害怕的了。于是，在那个看来再寻常不过的夏日午后，我妈逐一翻出她藏在家中的几千块现金，以及她那张配偶栏上还印着我父亲名姓的身份证，带着我和妹妹离开了家。

：

那年我妈三十二岁，在三十多年的生命中，这场逃离是她真正第一次为自己人生做的决定。

她在我们家楼下随机招来的那辆出租车，载着我们母女三人不停地往前开，开往她不安的未知，也开往未来。

Part 2

缺席的父亲：阿源

我和我媽媽

The Priestess Walks Alone

:

认识我父亲的人，都叫他阿源。

如果光凭记忆，我还能记得的是他皮肤黝黑，一张圆脸上挂着浓眉大眼和塌鼻梁。他的身材矮胖矮胖，常年理着五分头，总是脸带油光，还有胡茬。

他身上的气味混杂，有汗水、油垢、尘土、酒气、槟榔、香烟、油漆……这些那些混合成一种无法形容、让人想别过头去的味道。

父亲是个油漆工，和其他底层建筑工人一样都是做一日、领一日的工资，只是他领到的那些钱从来进不了我们家门，全都缴给了赌场和烟酒摊。我们家里的所有开销，全都靠我妈做牵亡歌阵赚取，或是向亲戚邻居朋友借来，父亲连一毛钱也没分担过。

妈妈总是说我的油漆工父亲好吃懒做，而且比好吃懒做更加恶劣。

土匪强盗般的形象

我出生时是所谓经济起飞的二十世纪七十年代末，那个时候的建筑业大概是台湾地区生产总值（GDP）的主要贡献者。城市里的新房子一栋接一栋直直竖起，旧房子也不落人后地拼命往顶楼加盖，为了制造内需刺激经济，也为了容纳乡村大量外移到城市的劳动人口。

房子盖得多，油漆工的需求自然也就多，每天只有工头怕找不到工人，没有工人怕找不到工作的。但我父亲不知道是乐观还是纯粹懒惰，总之，他通常都是做一两天工就休两三天，要等到把工资花完、吃空、输光了才会再回去工地做工。

还有些时候，他连工地都懒得回去，不是直接在家搜刮我妈藏在各个角落的现金和首饰，就是跑到上游业者葬仪社那里去拦截我妈还未收回的工作报酬。

好几次我妈不肯把钱给他，他二话不说，直接拳打脚踢，打到我妈没力气再阻拦，他才肯停手。

记得有一次，妈妈让我帮忙去向葬仪社收取出阵的演出款，她本以为我父亲不会料到小孩出门是去收钱，应该比较安全，结果却还是一样。

我从我们的住所中山路步行到庙美街的葬仪社，穿过店门口摆放的几具未上漆棺木和纸扎金童玉女像，顺利向坐在葬仪社里泡茶的老板拿到几千元款项。对年幼的我来说，那些钱是一笔好大的数目。我把那些纸钞卷成小圆筒，紧紧攥在手中，藏进裤子口袋，快步走回家。

还走了不到一半路，在一座小桥上，我看见我父亲等在那里。

我已经不记得那个短暂过程所发生的细节，只知道当钱被他拿走之后，我呆立在原地好久好久，等到回过神来才开始觉得焦急，想到自己没能完成任务，又害怕又难过地一边哭、一边走回家。

父亲好像从没想过我们母女没钱该怎么过活，又或是他认为我妈为母则强，总会想到办法养活我们。不管怎么想，那实在都不是一个心智成熟的人应该有的作为，更别说是为人父亲了。

那时父亲在我心里的形象，恐怕跟土匪强盗相去不远，只能期待他不要伤害我们，完全无法奢望他会照顾我们，疼爱我们。

平日他不在家是常态。对我来说，他不在家的时候，我们家才比较像个家。每当他回来，不管是清醒或醉酒，我总觉得像是一个外来入侵者，破坏了我们家庭的完整和安全。

现在再回头去看，我猜想那时的他，或许也有类似的感觉。

:

死没人哭

在我十岁之前，我们母女三人与他还同住一间屋子那段时间，记忆中，我从不曾开口叫他爸爸。

“死没人哭”是我妈给他的代号。父亲不在家时，我们都这样叫他。只有偶尔因为我妹年纪太小，还搞不清楚“死没人哭”是什么意思就当着他的面说：“死没人哭，你回来啦！”平常他回家的时候，连代号也消失，他就只是“他”，一个我们能躲多远是多远、能不靠近就不靠近的人。

许多年之后，当我在《哈利·波特》里读到伏地魔，总是会下意识地联想到我父亲。他的名字不能被提起，却又像幽魂鬼魅般纠缠着我们，挥之不去。对我们来说，他是恶的化身，拳脚暴力、语言恐吓就是我们对抗不了的黑魔法。

那些年我们与父亲同住的地方，是在中和一处约三四十坪（坪，台湾地区房屋商积单位，1 坪约合3.3 平方米）

的五楼出租公寓，那里用三夹板隔成五六个小房间，其余空间就是公用浴厕、厨房以及穿堂。用薄木板分隔出的每间房间大约都只有四五坪大，我们家两个大人、两个小孩和所有家当都安置在里面。

也不知道是我父母的要求，或是房东本来就这样规划，我们租的那个原本就已经不大的房间又被一片木板再隔成两半，还配有一扇木门让相隔的两边能互通。被分割出的两半分别放了一张单人和双人木板床，双人床这边睡的是母亲、妹妹和我，单人床那边睡的则是我父亲。

我们和妈妈睡的这一半空间里，除了床和床头柜，还有一张附有带锁抽屉的桌子、一个达新牌衣橱，以及一个红色塑胶小尿桶。因为我们住的是距离厨房和浴厕最远的那一间，有了这个尿桶，我们就不必在半夜因为尿意醒来时，还要离开房间出去上那个不太干净的厕所。

在属于父亲的那一半里，单人床尾放有一张矮柜，上头放着电视、电话，紧挨着床侧边的则是一张印有注音符号及九九乘法表可折叠的小方桌，外加两张上面透明图画贴皮已经破损脱落的彩色塑胶小圆凳。父亲不在的时候，我们母女三人就在那里吃饭、看电视，这个小空间对我来说比较像是客厅起居室，而不是父亲的“房间”，所以我总是希望他不要回来占用我们的活动空间。

我们房里那片将空间隔成两半的薄木板，高度并未顶到天花板，上头还留下大片的空间，看起来就像是面不完整的墙。我实在应该要感谢那片薄弱不堪一击的薄木墙，因为它让我跟妹妹不用直接目睹我们家的“全武行”；虽然，它并没能挡住其他的噩梦和恐惧。

我不确定是因为父亲或母亲有意识地将我和妹妹隔开来，又或是我跟妹妹因为害怕而自己闪躲过去，只记得几乎每次父亲动手打妈妈，都是发生在我们睡觉的另一侧，而我跟妹妹都是跪坐在父亲的床上或床边，捂着耳朵，一边哭，一边祈祷那仿佛永无止尽的叫嚣声赶快结束。

“你叫啊！我今天一定要打到你不敢叫，你再紧闭嘴巴我就把你的牙槽都打歪！”

咚咚碰，父亲用脚踹着母亲。

噼噼啪，父亲扇着母亲巴掌。

嘶嘶唰，父亲扯着母亲的头发。

乒乒乓，父亲推倒母亲撞到了床、撞到了桌子、撞到了布衣橱、撞到了灰灰花花的磨石子地板。

呼呼哼，父亲狂怒气急地吸气吐气。

也许是因为房间真的太小，也许是因为我父亲咒骂的声音真的太大，尽管紧紧捂住耳朵，我还是能清楚听到每一个声响。那些话语、那些声音从我的指缝钻进耳朵，在我的身体里面乱窜回荡，直至今日。

在我记得的那么多声音里，我母亲的声音是静默。

每次当我父亲动手的时候，我妈总是不吭一声。真的，一点声音也没有，仿佛就是要那样咬牙忍着，忍着痛，忍着恨，她才能为自己保有一丁点的尊严，才能撑着让自己不至于完全瘫倒下来。

但那无声，偏偏更激怒我的父亲。

在过去将近三十年的时间里，我一直都只能看见我父亲的暴烈与无情，要到自己也有了孩子，我才有能力去看见他的局限与无力。

如果当初，就算只有一次就好，我妈愿意开口对他说“不要再打了”；如果当初，我跟妹妹愿意亲近他，叫他声“爸爸”，他会不会因此就能给自己找到一个台阶下，不必一直用暴力去维持，或说去确定他在这个家里的位置和尊严？如果当时有人能够试着去理解他，也帮助他去看见、理解自己的状态与暴力来源，他会不会也有改变的可能？

我不知道。也没有人有机会知道了。

当年在嘉义那场相亲里的两个年轻当事人或许都不想、也不适合进入婚姻，要不是为了迎合家人的期待与传统价值观，他们也许能有其他选择，不需要去承担没有准备好要承担的责任，也不需要遇到这样的困境。

他们，其实都无奈。

不会回头的逃离

小学三年级下学期刚结束的那年，一个寻常的午后，妈妈带着我和妹妹离开家。是永远不会再回去的那种离开。

我还清楚地记得那天是个有阳光的好天气，外面马路车来人往，从我家窗户看出去的那几条黑色电线上还有小麻雀停在上面叽叽喳喳叫着。这原本是平淡无奇的日常，却因为我们的离家而变得令人非常难忘。

父亲就跟平日一样，白天几乎都不在家。原本我跟妹妹坐在父亲床前挨着电视看，突然我妈出声叫我们关掉电视，进去我们平时睡觉的房间。我们听话站起身把电视关了，走到房间另一侧，看见我妈拉开衣橱在翻找东西。她把所有藏在里面的现金都搜了出来，另外还有她的身份证。原本也拿出来的户口簿看一看之后又放了回去，决定不带走。

那时她并没有告诉我们，我们要逃离这个家了。但我心底知道。

妈妈牵着我跟妹妹走出家门，走下楼梯，走到外面的马路拦下一辆当时还未统一颜色的出租车。我们母女三人坐上车，妈妈请司机开往一个我们可以暂时避居的地址。

出租车开得不快，但我感觉自己心跳很快，妈妈一定也是这样吧。在那个似梦似真的模糊印象中，车子开了一段路，我回头望一眼刚刚离开的那个房子，不是因为不舍，而是为了确定我真的没有被留在那里。

我们离开家之后第一个暂时的住所，是莲姨的房子。莲姨和我妈是在同一个村子一起长大的好朋友，一样在很年轻的时候就到北部工作。她的兄弟姐妹不多，只有一个弟弟，非常有美术天分，他手绘的千元钞逼真到令人难辨真假，据说还曾因为这样而吃上伪造钱币的官司。

在我妈那个年代，不是每个女孩子都有上学的机会，尤其是在资源比较少的贫穷农村，家里如果能有一点钱让小孩念书，当然是优先让能传家的儿子去。于是，身为长女的莲姨理所当然一肩扛起负担家计的责任，我知道她一直都没有结婚，努力工作赚钱供养她一家人。

说来人口少也有好处，那让莲姨能够多存一些钱，再加上贷款，就能在北部买下一间小公寓准备以后老了可以安居。也还好有莲姨，不然当时匆忙离家的我们无处可去，可能就要流落街头。

刚逃离的前几个礼拜，妈妈都不敢带我们出门，我们母女三人几乎整日都窝在莲姨的公寓里。每天到了吃饭的时间，妈妈都是自己一人下楼去面摊自助餐买现成的食物，她连要走远一点到菜市场买菜都不敢。

几个礼拜过去，我妈带在身上的现金也差不多都用完，她不得不开始出去找钱。可能找朋友商借，可能靠打牌赢点赌金，或是去当其他团牵亡歌阵的临时工。

妈妈出去工作才知道，原来我父亲在我们离开后就疯狂地寻找我们。

北部做牵亡歌阵的人不多，圈子小，彼此都互相认识，所以也多少知道我们家的情况。妈妈就是透过同行的朋友得知，父亲三天两头就会跑去问他们有没有人知道我们母女的去处。他们还说每回父亲去的时候，总是两眼睁得老大，眼睛里布满红色血丝，十分吓人。而且，他身上一定都会带着用报纸包住的刀，所有见过他的人都叫我们一定要躲好。

当时的我虽然还小，但已经能感受到死亡威胁的恐惧。我很怕哪天妈妈出去工作时若是真的被父亲碰见，可能就再也回不来了。应该是为了安慰我们，妈妈总是说不用担心，因为大家都知道父亲是怎样的人，没有人会眼睁睁看着他伤害我们的。

妈妈的话好有力量，我总是相信她。将近三十年后我才知道，原来当时她比任何人都害怕。

再见，再也不见

是在我们逃离家过了几年之后，我才又见到父亲。

那个时候我已经十二三岁了，跟着三重一个歌团一起工作。团长是一对老夫妻，非常了解我们家的情况，几乎让我寄养在他们家。平常有出阵头的时候，我都跟着这对老夫妻和他的一双儿女一起吃住，没有工作的时候才会回家跟妈妈妹妹一起。平均一个月里，我有一半的时间都是在老团长家里度过，那样可以为我们家再减轻一些经济上的负担。

那天，我也是跟着团长夫妻出阵。记得丧家是将告别式场的铁皮棚架搭在一个四周都有铁丝网围篱的篮球场内，我就在涂上绿漆白边的球场上，踩着排练好的步点，跟其他两位牵亡歌舞者一起下腰、劈腿、翻筋斗，还有对着陌生人的灵堂焚香、祭拜、奠酒。

当时年纪最小的我另外还要负责烧金纸，在团长夫妻每一段唱念暂歇的空当，我就得走到铁皮棚架外，靠近篮球场围篱边，将金纸放进金炉焚烧，那是牵亡仪式中必不可少的程序。

在将金纸点燃放进金炉后，我仍站着确认金纸是否顺利烧尽，要是没燃烧完全，金炉会冒出呛人的浓烟，影响老团长夫妻唱词念口白。我有些出神地看着橘红火光晃动，但眼角余光发觉身旁的铁丝网外站着一个人，他的视线投向我。

真实人生总是比虚构戏剧有更多的巧合与张力。我转过头看见的，正是我的父亲。

如果当时不是隔着那道高耸的铁丝围篱，我不确定接下去会发生什么事情，但我非常庆幸当时有那道围篱存在着。距离不超过一公尺，只有一网之隔的父亲两眼直盯着我，他的表情看起来既激动又疑惑，因为当时我脸上化着浓妆，身上穿着演出的服饰，他或许没能完全确定眼前的女孩是不是自己的女儿。

但我却第一眼就认出他来。有那么几秒钟，身边的时间仿佛像是冻结了一般，我动也不能动。最先有反应的是我的双腿，原以为它们就要瘫软下来，但想到父亲被挡在围篱外，还有时间逃跑，于是我赶紧提起脚，快步走回其他人所在的铁皮棚架里。我很紧张地告诉团长夫妇，我看见父亲了。团长太太叫我不要再回头看，她说这里头有这么多人，我父亲不敢进来把我带走。

我听她的话一直待在告别式现场的棚架里，我也只能这样做。忍住紧张害怕和不断涌上来的种种情绪，装作没事地继续跳着牵亡的舞步。丧家家属没有人知道，我这个牵亡的舞者早已经吓得魂飞魄散。

一直到整个仪式结束，我都不敢再望向篮球场的边界。等到我们收拾好道具准备离开，我走在老团长夫妇和所有团员的中间，才忍不住偷偷看了一眼刚刚父亲站着的地方。他已经消失，不在那里。

在那天之后的十多年间，我们谁都不曾再见过我父亲。包括妈妈的朋友们也说没再看到他带着刀出现追问我们母女的行踪。

人活着总是需要点什么去支撑或驱动生命，不管那是爱，或是恨，都行。我不知道父亲那天看见了什么，或想通了什么，让他决定放弃找寻我们。但不管那是什么，我想都不是让他好过的东西，因为，那让他最终失去了活下去的动力。

最后的确认死亡之旅

那一天接到电话的是我妹妹。

“请问你是阿娟吗？你爸爸叫作阿源对吗？”电话那头传来的陌生男声这么问道。那时已经结婚的妹妹突然被这么一问，又惊讶又摸不着头绪，但还是本能地回答说：“是。”

“我是你阿叔，你爸爸的弟弟。我找好久，好不容易才找到你们。”

我相信这很不容易，甚至觉得神奇。如果不是在台湾地区这样有“人情味”的地方，我父亲的家人应该不太可能通过这样的方式找到我们。

在离开中和之后，妈妈、妹妹及我三人的户籍一直都还在那本没带走的户口簿上。当了近十年的“幽灵人口”后，妈妈贷款在新北市芦洲买了房子，才得以在她和我父亲婚姻关系仍然存续的情况下，将我们三人的户籍都移迁到妈妈名下的房子。我妈说，这是当初刚逃出来时，户政事务所的小姐教她的方法。

芦洲的房子后来因为缴不出贷款卖了，我们人也搬离了，但户籍却一直没有迁走，我跟妈妈又再度成了幽灵人口，只有结了婚的妹妹将她的名字迁移到夫家，真正落籍在居住地。而这也就是那位叔叔能够联系上我们的原因。

“我跑了好几个户政所，一直找你们都找不到，后来终于有个户政所的小姐愿意帮忙，才查到你的电话。阿娟，你爸爸过世了，他上吊自杀。你们要回来拜他，再怎么说他也是你爸爸……而且，你爸还欠了人家一些钱，他的身后事都是我帮忙处理的，希望你妈可以帮忙把他劳保的死亡给付领出来，还给债主，还有我垫付的丧葬费用。”

妹妹后来跟我和妈妈说了这通电话的事，以及我父亲的死讯。我当时除了很惊讶我们居然这样被找到之外，得知父亲自杀身亡，内心也有些震动。

从小到大跳牵亡，看过许多人的棺木、葬礼，但那些场景对我仿如梦境，虚无缥缈。在父亲死讯传来前，我未曾真正明白死亡的真实与力量。

妈妈说，不准我跟妹妹回去祭拜父亲，如果真要去，也一定要我们穿上红衣、红裤、红鞋再带上一大串鞭炮沿路燃放回去才可以，因为像我父亲那种人死掉不值得难过，应该要放鞭炮庆祝才对。

我的心里有些矛盾，既觉得不想回去，又觉得非得回去不可。因为，我想要亲眼确认父亲的死亡。之于我，那是一个必要的仪式，透过那个仪式，我期待能将对父亲的怨怪全都放下。

原本苦恼于不知道该怎么跟妈妈说我想回去看看，结果父亲的家人又陆续打了几通电话给我妈。也不知道他们是怎么说服她的，总之我妈在几天后改变了想法，以配偶的身份去申请了父亲的死亡给付，并要我把钱带到嘉义给父亲的弟弟。

改变我妈想法的原因，应该是因为那一笔死亡给付在偿还父亲的债务及身后费用之后，还能余下一些钱留给我们吧。理由很实际，也很现实。现实总是能打败其他种种。

于是如我所愿的，我踏上了这趟确认父亲死亡之旅。

这趟旅程很短，从台北到嘉义，火车路程只需花费三小时，顶着车厢里的冷气，晃晃悠悠一转眼也就到了。

这趟旅程也很长，从十岁到二十五岁，我从一个孩童长成一个大人。坐在“发财车”的后车斗四处去演出，一路守着那些无法言说的不堪记忆，等待自己有一天也能从这多苦多难的生活中解脱。

收容父亲骨灰的塔位，是这趟旅程的第一站。

原先只存在于电话那头的叔叔，和我约在嘉义火车站碰面。虽然从来没见过，但我却能够在满是人潮的车站前一眼就认出他来，因为，他的面容与我父亲极为相似。我举起手挥了挥，穿着白色短袖 POLO 衫的叔叔朝我走过来，我们互相点头示意，没有多说什么。这样也好，反正说什么都尴尬。

叔叔领着我搭上出租车前往灵骨塔，车子驶离车站不远，爬绕了一小段山路后便抵达。我刻意不去记灵骨塔的所在地和名称，因为那些都是我打算在确认完成就要从记忆里删除的信息。但不得不承认，我其实是因为知道这些信息会一直被储存在同行友人摄影机中那一卷 Sony 黑盒红盖小小的 DV 带里，所以才能这么决绝地告诉自己和他人，我不用记得。

在出租车上，叔叔问我是否还记得父亲的样子。我正犹豫着该怎么回答时，他就从上衣口袋拿出父亲的照片，送到我面前。那张两寸证件照规格的大头照，想来应该是父亲的遗像。那会儿我看也不是，不看也不是，看了怕脑海里从此挥不去父亲具体的形象，不看又似乎不合人情。当下只能折中，视线快速扫过照片，焦点对着边框不看中间人物的面容，然后快速转头堆出笑容，看起来跟我一样不自在的叔叔说："你随身带着我父亲的照片吗？"

在外人面前，我总是习惯带着笑。笑可以让事情变得比较简单，因为露出难过的情绪总是需要解释，但笑容不用。我以为只要用笑容掩饰好心里真正的感觉，就不需要向任何人解释；甚至，也不需要向自己解释。

叔叔淡淡回答说没有，只是想带来让我看看。他一边说，一边把照片放回他的胸前的口袋里。原来，笑容是没有办法掩盖所有事情的，不管是对他人，或是对自己。

我们下车走进灵骨塔一楼大厅，沁凉的冷气和那个空间特有的静谧氛围，多少安抚了因为炎热天气与苦痛记忆而浮躁的身心。我站定深吸几口气，调整心情等待叔叔去跟管理人员打过招呼后上楼。

二楼、三楼、四楼，几乎每层楼的格局配置都一样，有许多由无数木制雕花小方格所组成的高墙，有种迷宫般的错觉。我们所爱或不爱的亲人曾经存在过的证据，就储放在那些外观一致的方格单位里。

父亲的骨灰放置在最上面的一层，应该是因为最上层的位置价格最便宜吧。活在世上的时候处在底层，过世以后位置变高了，但一样都是边缘。

想要打开方格的小门得爬上高高的梯子才可以，我完全不想爬上去。看着眼前存放骨灰的高墙，我忍不住想到大卖场里的置物柜，觉得人生真荒谬。一霎间我突然觉得自己已经不再怨怪我父亲了，关于他的恶、他的种种，好像就这样挥发在带有檀香的冰凉空气中，消失了。

原来死亡带走的不只是生命。

结束这趟旅程回到家，我原以为母亲也会跟我一样，从此不用再背负着父亲所带来的恐惧与憎恶，但在过了许多年之后，才赫然发现，她仍旧与父亲的幽灵缠斗着，仿佛互相掐住对方的脖子一般，不到窒息不会放手。

关于秘密

二〇一二年，因为女儿的出生，我决定离开工作，当一个全职妈妈陪伴照顾小孩。那一年大半时间我的生活变得非常单纯，没有工作、没有电视、没有报纸、没有社交、没有网络，只有女儿。每次当我专注满足地看着她，看着我的女儿，就想到我妈。在我还在襁褓的时候，我妈是不是也曾经这样满满深情地看着我？我是不是也曾经带给她这样无可取代、难以言说的幸福感觉？还是，我的到来，只是多增加她生命里的苦难？

我和我女儿的母女关系，不断提醒我去面对我的另一段母女关系。

那个想把我们家的故事拍出来的想法，又回来找我了。这件从我二十岁就想做，但因为种种条件不足而一直延宕搁置的事，在这个我原本没想过的时间点上，一步一步成形。

那年夏天，我拿到一个纪录片提案征选的文案宣传。原本一开始我只是想，先试着写拍摄企划，反正那个时期女儿每天睡眠时间那么长，我多的是时间慢慢写，更何况这个征选规则对企划书有字数限制，不需要花时间长篇大论。那试试吧，如果真的被挑中，再来想下一步。

我总共写了一千八百一十四个字，然后打开计算机网络，上传资料报名纪录片提案征选。一个多月后，主办单位通知我入选了，然后又过了一个多月，我去提案简报，再然后，我获得了那一年活动的最佳提案。

据说我那时的提案感动了不少人，不论是国外的评审，或是其他本地的影像工作者，他们当时看见的应该是我对母亲的爱，可是我自己一直都知道，我之所以如此想要说这个故事的原因，除了爱，还有恨。

我真的很希望，也很需要那个恨能消失。

在中和那个分割成两半的房间里，藏着一个秘密。一个我知道、我父亲知道，和我一直认为母亲也知道的秘密。

我已经不记得那是怎么开始的，我只知道，平时都和妹妹与妈妈一起睡的我，有些时候，会睡在父亲的单人床上。不是我自己一个人，是和父亲一起。

我记得那时是夏天，父亲睡觉时身上穿的总是白色但已经泛黄的无袖汗衫，搭配着不同颜色的三角棉内裤，有黄的、蓝的，或是和汗衫同样泛黄的白。我尤其讨厌黄色的，不知道为什么。

父亲和妈妈不一样，睡着之后非常吵，我总是会被他的鼾声和噗噜噗噜的打呼声吵得睡不着。但我也可能不是睡不着，而是忍着睡意在等待时机爬下父亲的床，回到我妈身边。

每次我都躺在父亲的床上，两只眼睛直直地盯着白色的天花板，看着从窗外投射进来的有时密集、有时却要等上好久才出现的车灯光线和影子。我也会盯着那盏上头积满灰尘还有蜘蛛网、只剩一颗黄色小灯泡亮着的日光灯组。当然，我的目光最多还是望向那扇通往我妈和妹妹安睡之处的木门。那一扇门从来都不阖上。

我总是要等到确定父亲已经完全熟睡，才敢小心地坐起身，轻轻将双脚踩在凉滑的磨石子地面，像猫一样静悄悄走回我妈房间。每次穿过门后，不管有没有尿意，我都要坐在那个红色小尿桶上，有时真的、有时假装解小便。因为每次我都准备好要是妈妈突然醒来问我怎么跑回来了，就可以跟她说我来尿尿，然后装作睡眼惺忪、迷迷糊糊地爬上我们的床，躺在她身边。可是妈妈每次都没有醒来，她也从来没有问过我，为什么每次到了半夜，我就会跑回来。

好奇怪的，我的恨从来都不是因为父亲对我做了什么，而是来自我妈的不问。

小小的我曾经私下演练过一次又一次，如果妈妈真的开口问我，我一定会跟她说没什么事啊，我就只是想要回来睡在她身边而已。小孩子不能说谎，但我这样不算说谎，我只是没把事情说完整，所以没关系。

一直到长大成年了，我的演练都没派上用场，我就像是个每天反复熟背仅有一句台词的跑龙套演员，一直等着上场那刻将台词完美地演绎，却一直没等到能上台的那场戏。

既然如此，就把这秘密自己收藏好吧，这样妈妈不知道，也就不会难过了。这就是我所希望的，不是吗？而且真要说出实情，我也说不出口。因为说了，只会再一次让我觉得自己很肮脏。

在那张单人木板床上，父亲成大字仰躺着。他总是躺成这个姿势，就算睡着之后也是一动不动都不会变。小小的我也躺在旁边把双脚打直，然后两手放在身体两侧贴着。单人床空间有限，我只能这样躺，也只愿意这样躺。我不想面对父亲看着他，也不敢背对父亲，看着墙壁没有安全感。

父亲是躺下很快就会入睡的那种好眠人，但通常他在睡过一会儿后就会醒来。醒来之后他也不作声，只默默伸过手来寻找我的右手，然后抓着我的手放到他身上……

这整个过程我都会安静无声地听从配合，我的顺从，除了因为无力反抗，也是因为一厢情愿地以为自己若是配合父亲的要求，就可以让我妈少受一些折磨。

那些年从隔间木板另一边传来的声音，除了父亲对我母亲的拳打脚踢之外，我还会听到其他的。那个年代没有什么婚姻里的强暴这种事，在婚姻里，“性”是女人的义务，我曾听过不止一次父亲这样对我妈说。他当然不是用这样的语言说，只是我实在不想用文字再重述一遍他那些不堪入耳的叫骂。

或许这就是我终究没能独自守着秘密的原因，因为我一直觉得自己为了母亲去做了自己不想做的事，但她却不闻不问，仿佛什么事都没发生。

曾经我以为，将这些不堪带进坟墓，随着我的尸骨一起被埋葬是最好的选择，只要不去碰触、不要提起，就没有人会受伤害。但我错了，那个秘密就像是没有处理干净的伤口，尽管我努力覆盖上一片又一片的白纱布，也无法帮助它愈合，反而使它更加恶化，连周围的组织都被感染。

那个秘密让我无法爱自己，也无法全然无疑地去爱我妈。

三十几年来，我一直在找寻方法理解母亲的不问，但我一直没找到。站在女儿这个角度，我始终无法理解，也无法接受她的无言。

完全没有料想到，那个我遍寻不着的答案，有一天会以那样平凡无奇的姿态向我现身。

记忆之外的父亲

在二〇一四到二〇一五年拍片的过程中，意外地从我妈好友的访谈中听到一些不存在于我记忆之中的父亲。

跟妈妈认识很久的阿满姨说，在我和妹妹还没出生前，我父亲若是需要离家到外地工作比较多的天数，都会拜托她到我们家住个几天陪伴我母亲。

初听到的时候我很惊讶，下意识地猜想我父亲会不会是担心我妈趁他不在的时候逃跑，所以找个人来帮忙看着她。但这想法实在难以成立，因为若是要防止我母亲逃走，那么父亲应该找他亲近能信任的人帮忙，而不是我妈的朋友。

而后我又想起小时候曾听母亲说过，她以前其实不太敢一个人待在家里，因为她老是觉得家里有“脏东西”，所以每次当她独自在家的时候，她就会打开收音机或是电视，让热闹的声响做伴，以免满屋寂静令她神经紧张。

当那个意外得知的往事片段与这个存放在我记忆之中

已久的话语碎片并置时，突然间好像得出了一个过去从来没有人发现的算法，可能会改变原本我们已经熟知的、关于我父亲这个单位的演算结果。

我带点好奇地问了母亲是否知道这事，她只淡淡地回说没印象。于是我也选择不再继续问下去。这个新发现最终还是没有机会改变些什么。

我对父亲的认识，还是很少。除了那些仅存的片段记忆，我不知道他在哪里出生长大，不知道他曾在哪里读书求学，不知道他总共有几个兄弟姐妹，也不知道他和自己的原生家庭关系如何。

幼时我们回去父亲老家的次数少到用一只手就能数完，若回去必定是因为过年这样的大节日。父亲的老家在嘉义，我不记得确切的地点，只知道是在距离嘉义车站不远处，那里有一个小小的客家矮屋聚落，但极少有人知道，因为聚落里的人们平时对外都说闽南话，只有在与聚落里的同乡好友相聚时才会以客家话沟通。可以说是融入，也是某种自我保护。

对于父亲老家，我印象最深刻的地方是饭厅，因为每次回去都是年节，所以少不了团圆饭。如果回去得早，通常我父亲的妈妈，也就是我的奶奶，都还在充满水蒸气的厨房里忙着。每次见到，她总是穿着鲜艳花布做成的七八分长裤，在我们回去的那一天，奶奶几乎站着忙东忙西，穿梭在厨房与饭厅之间，很少有时间坐下来，于是我总看不见她的脸，只记得当时视线高度看得最清楚的、铺满在她长裤上那一朵朵的牡丹花。

父亲老家的团圆饭总是会有一道特别的菜，是用糯米制成的粄。这道菜应该就是厨房里会充满水蒸气的原因，因为粄需要放在竹蒸笼里蒸煮。每次最后上桌的都是这道菜，我总是满怀期待地等着它出现。作为一个完全不会说客家话的客家后代，唯一一处让我觉得自己与客家血统有关、与父亲老家有关的，大概就是对粄和咸汤圆的疯狂喜爱了。

回去吃那顿饭好像只是一个任务，随着最后一道菜出现，那趟任务也趋近完成。完成后我们就离开，没什么离情依依，也没有难分难舍。爷爷奶奶从来不会抱着我跟妹妹道别，我妈说，因为爷爷眼里在乎的是能把姓氏传承下去的孙子，我跟妹妹只是没用的孙女，没人在乎。

这些记忆真是贫瘠得可怜。

为了这本书的书写，我曾经好几次反复想着，要不要鼓起勇气开口再去多问我妈一些关于父亲的事。但每次到最后还是决定不问，除了不想因为这样又让我妈的情绪起波澜，更是因为此时自己内心深处真的没有动力去了解他更多，若是勉强自己去问了，似乎就只是为了书写而问，那样内心总感觉不对。一切似乎只能暂时停留在此。

我不喜欢父亲，但其实也从来没有真正恨过他。若仔细去探究我对他的情绪，其中恐惧占了绝大多数，夹杂一些厌恶，但不太有恨。有些时候我会想，到底是因为太害怕所以怕到不敢恨他，又或者是因为从来没有爱、没有期待，所以连恨都无从生成？

：

父亲这个角色，在我生命里真实存在过，那些他曾经做过的跟没能做到的，都深深影响了我们家的每个人，包括他自己。

尽管他曾经带给我们苦难，但终究我们还是幸运的，至少我们找到出口逃离了，而他却无处可逃，只能亲手结束自己的生命。他的这个选择，令人难以不生怜悯。

我与母亲的关系纠结，有爱、有恨，有不解、有谅解，恐怕这辈子都会是如此。但我和父亲的关系，却仿佛随着他的死亡，就一切烟消云散，无牵无挂了。对我来说，这或许也是一种关系的完满。

唯一的一段奇异时光

关于父亲，我最后只想再说一件事。

在我对父亲有限的记忆片段里，这段经历我一直不曾跟任何人说起。尽管根本只是一般家庭里再普通不过的小事，但我总觉得是个不能说的秘密，说了，便会破坏我跟母亲之间的共患难的关系。

那时我应该已经小学一二年级，不知何故，那天父亲只带着我一个人出门，去了万华夜市。我无法确切指出那是在万华夜市的哪一段，只记得我们走过一段非常狭窄的小巷子，巷子两旁有许多户人家，门口顶上大多挂着一些红灯笼或红灯泡，让整条巷子就像火焰一样发着红光。小巷里站了许多男男女女在谈笑、聊天，看起来异常热闹。我们走在巷子里，除了我父亲的背影，还瞥见许多穿旗袍女子的小腿与大腿，她们之中有些人伸手拉我，还有我父亲，叫我们进去坐，但我们没有停下来。

那一段小巷从头走到尾大概不会超过三五分钟，却是我与父亲关系中一段极为奇异的时光。那个从来只带给我恐惧与厌恶的父亲，在那短短的几分钟里却成为我唯一可以依靠的人。我紧紧跟在他的身后，唯恐一个不小心就跟丢、走失了。

走出那条红巷子，父亲带我走进一家杀蛇的小店，他点了一盅蛇汤给自己，另外点一小碗田蛙汤给我。我们各就着自己面前的食物默默吃喝，一句话也没说。那是记忆中第一次，也是仅有的一次，他给我食物吃。

日后再看到田蛙汤，我总是回避，不知情的人以为我是因为汤里的青蛙不敢吃，只有我自己知道，其实是因为我母亲。我得保持父亲在我记忆里纯粹的恶的形象，和她保持一致，否则我就觉得自己像是背叛了母亲。更何况，纯粹的厌恶一个人比较单纯容易些。

保留这段关于我父亲的记忆，并且化为文字如实记下，或许是我能对这个给予我生命源起的人，最后的宽容和有情了。

再见，父亲。

Part 3

我的妹妹：阿娟

我和我媽媽

The Priestess Walks Alone

每个家庭都是个星系，家人们就是星系中那些不同的星球。

在我们家，被我妈这颗恒星所牵引住的除了我，还有另一颗小行星，她常常在我左右，一起绕着“妈妈星”一圈又一圈地转。

妹妹惠娟晚我两年出生，跟我一样，她的名字也是我妈花钱请人帮忙起的。惠，柔顺、顺从；娟，秀丽、美好。虽然不太知道当初那位算命先生是如何从这么多的文字中，去挑选并决定此后这几个字就代表了这个被命名的人，但我想他的确像是预知什么一般，给予我妹一个相当合衬她性格的名字。

惠娟、惠侦、惠侦女儿（右起）

彼此的伴

惠娟从小到大都长得一副白白净净、圆圆胖胖的模样，就是那种长辈们看到都会喜欢的样子。小时候妈妈如果同时带着我们两姐妹出门，所有的大人都会围在她身边，一边说着这个孩子长得真可爱，大头、大眼、大耳的福气相啊，然后一边还要动手捏几下她的小脸蛋或是拉扯她那一对Q感的耳垂，那是我从小到大都没有体验过的待遇。

妹妹有个非常扁的后脑勺，那完全是某个年代审美标准下的产物。不知为何许多老一辈总认为孩子的头要扁才好看、才吉利，甚至还有台语俗谚说："前叩衰，后叩狼狈，双边叩唇边头尾。”于是长辈都要求让小孩正着躺，以便把头给睡得扁扁的，圆圆的头形莫名地不讨喜。也是拜她从小就“真好摇饲”所赐。

据说幼时我是个非常难照养的小儿，三天两头就生病发烧不说，还异常爱哭。我妈因为奶水不足，所以得搭配奶粉来哺喂我，可不知为何我偏偏非常抗拒奶瓶和奶嘴，总是使尽全身力量以狂哭来表示非母乳不吃的坚持，于是每次我妈要喂我喝配方奶，我若是没有嘶喊挣扎到筋疲力尽绝不停止。另外一个哭点，则是每当我困的时候都要人背在背上不停走动，或是抱在怀中摇到天荒地老才肯睡去，只要一停下动作，我一样会哭到断肠。一个既不好吃也不好睡的婴儿，让初为人母的我妈非常非常头痛。

因为完全不想再经历一遍先前的育儿噩梦，于是在妹妹出生之后，我妈就想尽办法希望她能乖乖听话多睡觉，别再像我一样折磨人。她先是打定主意从一开始就不喂妹妹吃母乳，只给她吃装在奶瓶里的配方奶，好让她无从知道还有橡胶奶嘴之外的其他选择。异想天开的我妈，甚至说她还几次在妹妹的牛奶里掺进了少量压碎的安眠药粉，小小的她就会成天安稳地躺着睡觉，因为流淌进胃里的那些安眠奶让她不可能有哭闹的气力。

这么惊人的育儿方式，以前我妈说起时却总是笑笑的，就好像在转述长寿连续剧的荒谬剧情一般。有时她甚至会打趣说，也许就是因为这样，我妹长大才会这样傻乎乎，什么人情世故都不懂。最近重新问起我妈这事，她却大笑说安眠奶的事是小时候编来骗我们的。不管哪个说法才是真的，至少她把我们姐妹俩都带大了这事一点不假。

对照起白胖惹人怜爱的妹妹，我妈说我小时候长得像块火炭，黑黑干干瘦瘦，不讨人喜欢。那时候唯一喜欢我的人，大概只有我妹。

记忆中我们总是形影不离，打从她会自己走路开始，就成天跟在我的身旁。我时常会牵着她小小的手一起走到楼下的杂货店，从杂货店门口那些透明亚克力大圆筒里，挑选我们喜欢的零食。粉红色的黑人牙膏糖、锡箔纸包着的圆形足球巧克力、黄色袋装还附根吸管的面粉茶、桃红色纸包装的咸酸甜，都是只要一块钱铜板就可以获得的甜美滋味。

一直到妹妹十八岁结婚之前，我都是那个主要负责陪伴她的人；或许更精准一些来说，是我们互相陪伴着彼此。我们会一起玩办家家酒，一起演出，一起睡觉，一起吃饭，大概只有洗澡上厕所的时候才会分开。

妹妹从小个性温顺，对于信任和喜爱的人总是一切顺从，不太会表达自己的感受。记得有一回，我们买了一堆炸鸡和我很喜欢的夏威夷口味大比萨回家，那时我真心觉得那些食物无比美味，自以为妹妹一定也喜欢，于是就把炸鸡和比萨一块接一块塞给她，她没说什么全都接下吃掉。

那时的我是个正在发育期的孩子，食量像怪兽一样大，当我正开心满足地吃着那堆不太健康的比萨和炸鸡时，妹妹却突然跑进厕所吐了，吓得我以为是刚吃下去的食物有什么问题。等到我妹吐完后，她才终于怯怯地说了一句："姐，东西太多我已经吃不下了。"当时的我完全没有想到她还是孩童的小小身体，根本不需要、也装不下那么多食物。

回头看着自己和妹妹的相处方式，发觉那其实就跟我与母亲之间的关系没有太大差别。我向来只会用食物来表达我对妹妹的在乎，就如同我的母亲也总是只晓得将食物塞满家中那台巨大的冰箱来表达她无言的关心。妹妹以为默默地吃下我为她准备的所有食物，是听话顺从的好妹妹应有的表现，如同我也一样会忍耐吞下让自己反胃的虱目鱼肚那层肥油，以求成为母亲愿意喜爱的好女儿。

从来没有谁来教过我们，其实可以有更好的方式去爱人，与被爱。

惠侦、阿女、惠娟的合照

渴望家庭的天生小妈妈

在生育率一路往下降的这个年代，妹妹却是个有着四个小孩的多产年轻妈妈，在四十岁还不到的年纪，她的孩子都已经分别上了中学、高中。初识的朋友若知道妹妹有四个儿女通常都很惊讶，毕竟这是个大家都不太敢生养小孩的时代，居然还有人这么有勇气一下就生了四个，都会忍不住吐出几句像是“你好厉害”之类的话。

但如果你从小就认识我妹，大概就会觉得也没什么好惊讶的。妹妹从年少的时候就开始显露她天生的母性，只要看到小婴儿，她就忍不住要抱在怀里摇着哄着，舍不得放手。

记得我妈某一位女友双双曾经领养过一个小女婴，那是双双的亲姐姐产下但无法自己抚育的孩子，刚生下后不久就被接到我们家来。那时妹妹还只是个十五六岁的少女，非常迷日本偶像团体 SMAP 中的稻垣吾郎以及港星周慧敏，收藏了许多夜市里买来十元一张的塑封过的明星小卡片及盗版专辑卡带，在我们不用出门跳阵头的时候，她可以成天窝在家里听偶像专辑和看明星照片，还一边手工折出一颗又一颗五彩缤纷的纸星星。

不过自从小女婴来我们家那天开始，她就不再翻动那些东西，因为那个好小、好软、好香的初生娃娃，完全占据我妹所有的心思与时间。

女娃跟着双双阿姨姓，刚好也姓黄，我妈和双双姨为她取名为惠雯，跟我和妹妹的名字只差一个字。黄惠侦、黄惠娟、黄惠雯，这样把三个名字排列在一块还真有点姐妹的感觉。

小小惠雯刚来的头几天，主要都是我妈和双双姨在照顾，凡是泡奶、喂奶、换尿布、洗澡等工作，我妹无一不紧跟在旁看着，而且非常积极地自告奋勇说她要帮忙。于是大约从小惠雯满月开始，照顾她的工作就几乎全都移转到我妹身上。我妈和双双姨形容我妹简直是天生“保姆”，看她照顾孩子就像呼吸吃饭一样自然顺手，没有一点别扭。

当时的我妹应该就已经知道自己人生想要去往的方向了吧。

妹妹对于爱情的憧憬与对家庭的渴望，都来得比我早，也比我强烈许多。当她十七岁开始第一次谈恋爱时，十九岁的我人生最大目标是出家当尼姑，因为打从幼年时我便觉得生命是无止尽的苦，尤其是身为女人，我总想着该如何逃脱那些仿佛是命中注定的不幸。

一直都记得我们母女还与我父亲同住在中和那几年，几个和我妈比较常联系的阿姨每隔一段时间就会到我们家来找我妈。她们来访通常不是为了串门子打发时间，比较贴切的描述应该是来避难。她们躲避的，是对她们暴力对待的另一半。

那些跟我妈年纪相仿、出身相似的阿姨，大多是歌仔戏班的演员，有的是扮相俊俏的小生，有的是娇美无比的苦旦，但不管她们在戏台上扮演的是什么角色，下了戏之后，她们就都变回别人的老婆，或是没有名分的“斗阵乁”（乁，台湾地区用语里面的注音符号，念作“ei”，是“的”的意思）。

每回当她们出现在我们家的时候，身上总是会带着颜色深浅、面积大小不同的瘀青伤痕，虽然阿姨们会用衣服试图掩盖住，但在脸上的那些红紫完全遮掩不了。不管是谁来、带着多少伤，我妈统一都是用那罐“金门一条根”药膏应对。那罐白色塑胶盒装着的药膏常年放在冰箱，除了用来帮那些阿姨们疗伤，每次我妈崩溃地大发脾气打了我们之后，也会拿来涂抹在我和妹妹身上。也许唯一曾照料我妈身上伤痕的，还是那罐看起来极其廉价的药膏。

“这个世界上的男人没有一个是好东西。”从小到大我妈唯一对我和妹妹耳提面命提醒叮嘱的，就只有这么一句话。

但显然这句话并没有真的进到我妹妹的心里，或是有，只是仍抵挡不了人类的生物本能，当设定好的时间一到，我们都忍不住要去寻找那失去的另一半。

妹妹出嫁，我的离家

由于工作的关系，妹妹自然结识了和我们一样来自阵头家族的男孩。十七岁的她和那个二十岁的男孩相识一段时间后，很快地，妹妹就说她想要结婚。那是个性顺从温和的妹妹，第一次说出自己想要什么。

我一直无法忘记在妹妹第一次彻夜未归的隔日清晨，我妈是多么生气地大声责骂她，那些字句是这世上的母亲都不该对自己女儿说的，也是任何人都不该对一个年轻女孩说的话。虽然听了难受，我却只能呆呆站着一个字也说不出来，怯弱的我终究没能在当时为妹妹说上任何一句话。这事连同后来我对妹妹所做的另一个糟糕的决定，都让我愧疚了很多很多年。

当妹妹的婚事确定后，令人感到意外的是我妈很快就接受了事实，一转之前的态度，开始欢欢喜喜地准备妹妹要结婚的大小事，并说女人就是要结婚嫁人才有归宿和依靠。

当时的我完全无法理解我妈的矛盾与分裂，何以她会同时相信这世上的男人没有一个是好东西，又相信女人就是一定要嫁给男人，人生才是圆满有保障？

我非常地混乱和沮丧，不只是因为那无法理解的一切，更因为在妹妹确定婚事之前不久，我突然发现我们母女三人辛勤工作这么多年下来，居然连一点存款也没有。不只如此，我妈还在外面积欠了许多债务。

那时身旁其他跟我们一样全家都在做牵亡歌阵头的家庭，常常是房子、车子都买齐，银行里头有存款，生活过得十分优渥，三天两头就全家一起出游。我一直天真地以为，我们家也是差不多的情况，因为家中吃穿向来没有短缺过，而且我和妹妹两个人每个月都赚进近十万块（约两万元人民币）的现金带回家交给我妈，不养车又不常出门花钱玩乐的我们，应该要有更多储蓄才对。没有想到，事实却完全相反。

让我被迫了解家里财务状况的，是一通来自地下钱庄的催债电话。一个陌生男声说："叫你妈依日期还钱，不要让我们去找她。”简单扼要又有力。尽管话筒那头传来的声音其实并不凶狠，然而一旦知道对方是地下钱庄，不管听到什么，都足以让人在脑中开始出现人生跑马灯。

从我妈口中问到她这几年累积的债务，包括拿我们芦洲房子向银行借的贷款、一堆已经标下但还剩十几二十期得缴的互助会、利息超高的地下钱庄，甚至还借了二舅的房子去贷款，另外再加上原本我们每个月就要支付的房贷，我知道自己恐怕连遁入空门的梦想都没条件去实现。

妹妹就要出嫁了，那就表示这些债务之后会变成我一个人的责任，一股莫名的恐惧与愤怒，让我完全没有办法祝福妹妹的大婚之喜。我没有出席她的订婚宴，在满坐女方亲友的热闹餐厅里，作为新娘姐姐的我却消失没出现，那让妹妹心中不免有缺憾，只是她也不知道还能做些什么，她不是那种会去勉强别人的人。

后来想想，我妈之所以会那么快改变心意接受我妹要结婚的事实，很可能也是因为那场我没出席的订婚宴。按照习俗，订婚宴请的都是女方亲友，所有一切由女方张罗，所收的礼金当然也是归女方所有。那大概还是个办喜事不会赔钱的年代吧，上一辈人的红白包来来去去不只是情谊的展现，也是一种投资，等着在那特殊日子到来时可以回收。怪不得好多年后当我决定只是登记结婚没有宴客，我妈碎念了我一阵。

在身边所有人都忙着准备妹妹订婚结婚的大小事，我独自躲在家中。那几天，我时常会到家里十二楼顶的天台，爬到最高点的水泥水塔上呆呆坐着，看着天空直到太阳下山。有那么几次，我曾经想过自己要是敢从那里往下跳，那么这世上所有烦心事应该都会消失吧？包括那个彼时我仍不知该如何面对的儿时秘密，也可以一起摔个粉碎，感觉真省事。只是，每回当我往下探头看，光那高度就让人觉得双腿发软、头皮发麻，加上背脊一阵阵往上蔓延的凉意，忍不住接着又想：万一跳下去没死成呢？那我应该只会害自己变得更凄惨吧。

:

真得感谢惧高和胆小拉住了那个在顶楼徘徊的我。既然没有跳下去的勇气，那就只能继续往前走。

感觉我在那座水泥水塔上坐了好久好久，一直想着该怎么解决那些债务。后来决定先花一天时间去跑一趟银行、代书，还打了几通电话给钱庄和自助会头，把我妈的贷款、会钱以及在地下钱庄欠下的数字，一条一条整理清楚列出来；每个月什么时候要还哪一笔、付款方式、金额多少、债务利息本金算法以及还款缴不出来的后果，等等，全部记在我的黑色塑胶封面小本子上。看着自己密密麻麻写下的那些，有那么一瞬间，突然觉得这些问题可能没有自己想象的那么糟，至少只要一个小本子就能全部收拢集中起来。

虽然根本还没真正还到一毛钱，但光是知道自己已经开始做点什么，还是比光坐着发愁来得安心许多。

当我带着自己和那本债务清偿笔记走下天台回到八楼家中，正好碰上妹妹在跟婚纱公司电话讨论去试礼服的时间，再过没几天，就是她未来另一半要来迎娶的日子了。妹妹独自一人站在房里，对着话筒协调自己婚礼的准备事宜，她背后的窗户透进了黄昏太阳的温暖光线，让她整个身子的轮廓仿佛闪着一圈光晕。

站在我们一起同住了几年的小小房间里，周围的空气是一种开心和酸楚同时充满的特殊味道。我很想抱着她说舍不得她离开，想说对不起缺席了订婚宴，想开口对她说祝福，想说那些理当是最自然不过的真心话，但同时我也还是忍不住要怨怪她怎么能够就这样离开，留下我一个人去收拾妈妈负债的烂摊子。

这些那些思绪和字句依照惯例全都扭曲纠结成一团，卡在胸腔、喉间，怎么样也没办法从嘴里挤出来。我装着没事说出来的，就只有那么一句："我可以跟你一起去试婚纱。"

那个仍然发着光的妹妹忽然抬头看向我，然后转瞬一笑回答说好。那是个稍不留意就会错过的瞬间，在那一瞬里，有所有我们无法用话语说出口的一切。

十几年的时间对一个星系来说真的很短暂，短到还不足以留下够多的回忆，而那颗原本常伴左右的小行星，却转眼就要变成一颗能够自己发出光热，并牵引住其他人的恒星了。看着她以另一个新的角色开始一段新生活，我突然发现妹妹教我懂得了一件极为重要的事。我们不需要也不可能去阻止别的星球改变轨迹，我们需要的是改变自己运行的轨道。

在妹妹结婚后的隔年，我决定把我们在芦洲的房子卖了，先还清地下钱庄的债款以及房贷，这样后续还欠的就只剩下二舅的八十多万贷款，还有那些已经死会的互助会钱。一边起码是正派经营的银行，另一边是还能讲点人情的会头阿姨们，让我顿时觉得压力减轻许多。

屋子没了之后，我妈就搬去跟丽姨一起住在三峡区，她们在住家旁边有块地能种菜，两个人还跑去批了一些菁仔原料，在住家附近的土鸡城摆个小摊子卖起槟榔饮料，日子自给自足过得还挺惬意。

而我因为这变动，再加上对我妈作为的彻底失望，第一次离开一起生活了二十多年的母亲，独自前往陌生的新竹工作。

那时我还没真的明白，原来有时离开，是为了能够重新再回来。

牵亡歌阵现场

Part 4

那些女人

我和我媽媽

The Priestess Walks Alone

：

如果要用电影来形容小时候身处的世界，第一个浮现在我脑海的，应该是阿莫多瓦的电影。如同他的电影总是围绕着各种女人的心事与故事，我的童年及青少年时期，同样是由一个又一个的女性人物建立支撑起来。她们的样貌、个性、出身都不尽相同，但都分别为我的成长过程带来了一些什么，或庇护、或关爱、或陪伴、或向往、或忌妒、或领悟。

感谢这些女人，让我在认识她们的过程里，也学着认识我自己。

莲　姨

记忆之中，第一个在我妈之外让我觉得亲近的女性，是我妈的儿时好友莲姨。莲姨和我妈在同一个村子里出生、成长，也同样在十三四岁就离开村子到都市工作，只是后来她又离开台北，去了外岛。

我们还住在中和的那些时日，莲姨大约每隔半年就会来我们家探望。每回知道她要来，我和妹妹都非常期待，非常开心，因为莲姨对我们来说就是海苔和礼物的代名词。海苔是平时我妈不会买给我们的奢侈零食，因为价格不便宜，可是莲姨每次来看我们，一定会带上一桶红色包装的高冈屋海苔礼盒。我跟妹妹最大的乐趣就是将桶子里一串一串的海苔撕开成一小包一小包，然后你一包、我一包地慎重分配，很珍惜地慢慢吃完。

莲姨是第一个让我感觉到自己也是被疼爱的人。

除了海苔，有时候她也会带来其他礼物，我人生中第一个也是最后一个芭比娃娃就是莲姨送的。那是我第一次见到那样的玩具，每天都仔细地帮这个有着外国面孔的娃娃梳头发、换衣服，细心呵护。不过我也每天让芭比跟我一样练习劈腿、下腰、跳牵亡歌，锻炼筋骨，结果不出一个月，金发芭比的腿就整条掉下来了，怎么样都装不回去。那一脸灿笑但缺条腿的芭比看起来实在很诡异，从此之后我就对类似的娃娃有了心理阴影。

有时我会听到我妈对莲姨说，不要这样乱花钱，这是你的辛苦钱，应该好好存下来。而莲姨总是用娇滴滴的声音笑笑地回答说，这些没花多少钱，不要担心。她的声音很特别，比名模林志玲的声音更细、更嗲，听她说话听久了会有一种头晕的奇妙感觉。

小时候我一直很好奇莲姨究竟在外岛做什么工作，怎么能够时常买这些东西送我们，而且还总是打扮得漂漂亮亮，跟我妈完全不一样。

莲姨一直没有结婚，也没听说她有男朋友，她的时间似乎都用来工作赚钱，因为她要一肩担起留在故乡的年老父母的生计，以及他们二老的医药费。莲姨的辛勤让她很早就靠着自己攒下的存款在北部买了一间房子，当年我妈带着我跟妹妹逃离家时，第一时间就是躲到她的房子去，直到我们生活比较稳定之后，我妈才带着我们离开莲姨的家去外头租屋。

在我们离开后没多久，听说莲姨也结束了外岛的工作回到台湾，也是在那时候我才知道，原来她之前一直在外岛的特约茶室当侍应生。难怪莲姨和我妈总是不在我们小孩子面前谈到她的工作，那是个被污名化的职业，现实生活需要她们的存在，却又贱视、指责她们的存在。很多年后，当我因为在NGO（Non-Governmental Organizations）工作的关系，接触到“日日春关怀互助协会”（关注性工作者权益的团体，成立于1999年）里的阿姨时，总是会想起莲姨。她和那些阿姨有着很相似的气质，既柔软又刚强，能担得起责任也能放得下身段。舍己为家人，几乎是她们生命的常态。

即便自己过得也辛苦，但姐妹有难时还是会尽力相助。莲姨就是那种带着花也带着剑、拥有侠义之气的好女人。

阿满姨

阿满姨是我跟妹妹的众多干妈之一，但我想她应该可以说是我们唯一一个真的有发挥到干妈“功能”的干妈。她跟我妈是因为做牵亡歌认识的好朋友，当时她们俩都还只是二十来岁的年轻人，我跟我妹都还未出世。后来她跟我妈在差不多的时间分别成为人母，我妈自己组团后，她就加入成为我们家的团员。

由于一起工作的关系，阿满姨经常出现在我们家。从最开始我们还在中和的旧家，到离开之后的每个住所，她都在，也常来。

阿满姨的身高将近一百七十公分，骨架很大，所以看起来又高又壮，当她和不到一百五十公分的我妈一起走在路上，朋友时常会笑说她们俩看起来就像七爷八爷在游街，但在我眼里，总觉得她很像是我妈的保镖，让人很有安全感。

阿满姨有四个小孩，最大的长我一岁，老三和我妹妹同年。在我跟妹妹没能去学校的那段时间，阿满姨都会将她小孩不再需要的小学课本及参考书带到我们家给我和妹妹看。对此，我真的非常感谢，因为那除了让我有机会再多认得几个字，也让我觉得自己离学校没有那么遥远。可惜她的四个小孩在上中学后也都不再升学，转而外出去各行当学徒，我们就没有二手教科书可以收了。

不过老实说，那时的我也已经对课本参考书没什么兴趣，迷上的是漫画书店里的恐怖漫画，和倪匡笔下那一系列科幻小说。因为那些小说和漫画，可以带我暂时离开现实里的世界。

阿满姨的先生很早就过世，我只在阿满姨家中客厅的黑白照中看见过他。照片中的人看起来很斯文，和阿满姨的外貌和个性很不一样。跟一般人习于形容的寡妇状态不同，阿满姨没有愁容满面，也不会郁郁寡欢，她是我所见过最爱开玩笑的人，还有一副非常大的嗓门，所到之处都会立刻充满她的洪亮声音。

一个女人要养活四个孩子加上年迈的婆婆，不是一件容易的事。阿满姨平常除了跟我们一起做牵亡，没有出阵的日子她也闲不下来，总是有各种临时工等着她做，包括当建筑工地泥水小工、洗水塔、刷楼梯、做果菜市场搬运工、去野台戏班跑龙套、骑机车送快递、跟车送鸭蛋……也不知道她都是在哪儿找到这么多活儿做。

除了到外头工作，阿满姨也会固定拿手工回家做，而且是全家总动员，孩子和婆婆都会一起帮忙，五六个人围坐在一起，可以组成一条分工明细的生产线。所谓家庭即工厂，这句经常用来说明二十世纪七十年代台湾地区经济情况的标语，就是阿满姨家中的日常。

小时候，我和妹妹也经常到阿满姨家里，跟她的四个孩子一起当“同学”，学做各式各样的手工品。我们黏过陶土磁铁，装过自动笔内的小弹簧，贴过卷尺手环的外皮，也装过填充布偶会唱歌的心脏。

阿满姨看我和妹妹做得起劲，就劝我妈也去批一些回家做，反正我们两姐妹没办法去学校上学，牵亡歌又不是每天都有演出，一个月里至少有三分之一的时间闲着，母女三人一起在家做手工不但可以添点收入，我妈还可以多陪陪我们，一举两得。我妈虽然对做手工没什么兴趣，但可能是碍于人情或是真心觉得阿满姨讲得有道理，总之我妈后来也跑去领了几袋手工回来，可是只做不到三天她就放弃了。我妈说做这个很伤眼睛，我们当时租的那个房间没有开窗户，连白天都要开灯，若要把手工零件看得仔细，就得多点一盏台灯多耗电，加上我们人少速度慢，三个人一整天做完一袋的钱搞不好还不够交电费。于是我妈二话不说就把剩下的几袋全都送回去还给中盘负责人，结束了我们家超级短暂的手工人生体验。

除了手工，阿满姨其实还帮我们家出过其他点子，比如说她看我跟妹妹因为户籍问题上不了学，就开始动脑筋想着如何让我们在没有户口簿的情况下，混进学校里读书。由于她的四个孩子都在同一家小学上学，所以阿满姨认识蛮多位老师。那时她帮我们编了一个说法，说是因为我们一家刚搬到三重不久，户口还没转过来，但孩子的学习教育不能因此中断，所以央求老师们帮忙向学校讲情，请校方通融一下，让我们两姐妹先上学，等户口迁移的手续办好之后再跟学校补足学籍资料。

没想到，学校居然答应了。我和妹妹就这样在没有户口簿及其他身份证明文件的情况下，进到阿满姨四个孩子就读的二重小学上课。如果那时我不是因为跟着妈妈演出而三天两头缺课的话，也许我跟我妹妹都还有可能读完小学，得到一张毕业证书。

由于入学手续不完备，加上我上课的出席状况非常不稳定，总是请事假去演出，以这样奇异状态存在的学生，很难不让校方留意关注。很快地，学校开始追问我的户籍迁移进度。第一个礼拜，我说还没办好，学校没再多说什么；第二个礼拜，我的答案还是一样，学校说赶紧去办吧，不然他们也为难；第三个礼拜，我答不出来，学校也无言；到了第四个礼拜，校方的态度已经是说我再不完成入学手续，他们就没办法让我继续到学校上课。

我把学校老师说的话告诉我妈，隔天就没再回到学校去了。

只是有件事我到现在都还不解，就是为什么和我同时进学校重读一年级的妹妹，校方行政对她总是睁一只眼、闭一只眼，并未一直追讨她的户籍资料，让她可以读到小学毕业的前一天。也许是因为妹妹不像我必须三天两头跟着出阵头，她就和班上其他小朋友一样每天按时上下课，别说事假，从小身体就挺健壮的她连病假都没请过，于是学校就自动忽略这个出勤正常的孩子仍欠缺入学资料；又或许是因为校方的行政或班级老师动了恻隐之心，不忍我们姐妹俩都不能上学，才想办法留我妹妹在学校。

不管当时学校这样做的原因是什么，我还是觉得我们的运气挺好，至少妹妹能在学校里多待一段时间；虽然她在毕业的前一天，在家哭成个小泪人，抵死不肯在隔天去学校领取毕业证书。在她小小的世界里以为只要去领了证书，就必须继续升学读中学，那对她来说是件痛苦的事，因为她对读书实在是完全没有兴趣。

后来我妈也不强迫妹妹一定要去拿到那一纸证明。我妈作为我们家唯一一个有获得学历认证的人，她知道那张毕业证书根本没办法代表什么，也没办法保证和改变什么。

于是我妹就在小学毕业前一天自行毕业，开开心心地跟着我和我妈妈去演出。

“穷则变，变则通。”这句话总是会让我想到阿满姨。她想方设法让一家老小生活继续下去，这似乎是我妈跟她身边女性好友共通的本事和能耐，或者说，是宿命。

阿满姨另一点让我印象深刻的，是她敢于正面阻挡我妈的坏脾气。在我记忆中，她常常在我妈发脾气要动手打我跟妹妹时，第一个挺身出来护着我们。阿满姨总是很有技巧地挡在我们姐妹面前，自然地一手搭住我妈的肩膀，利用她高大的身材把我妈半推半顶地移动到旁边去，然后一直跟我妈说话让她冷静下来。不过有时候时间点没抓好，我妈打过来的那一记就落在她身上，所以有时阿满姨都会说她好像我妈的第三个女儿，是跟着我和妹妹被打到大的。

阿满姨在那些年里为我们挡下的，是我妈长年受暴所压抑扭曲而成的怒气，她保护的不只是年幼的我和妹妹，同时也护住那个情绪没有出口、不知所措的母亲。

“友直，友谅，友多闻”，我不知道阿满姨是不是都具备，但我知道能认识这样一个“耐打”的好朋友，对我妈和我们两个小孩来说，都是一件幸运的事。

环姨和阿君姨

环姨和阿君姨，她们一个是野台戏班里的台柱苦旦，另一个则和我妈一样在做丧葬阵头，都跟我妈年纪差不多。我会对她们特别有印象，是因为她们都有和我年纪相近的小孩。环姨有个独子跟我同年，阿君姨则有一个比我小上一两岁的女儿，以及一个稚龄的儿子。我跟她们的小孩虽然并不常见面，算不上是要好的朋友，但光是知道他们的存在，就足以让我觉得自己并不那么孤单；或者更准确一点来说，是觉得自己并不是这世上唯一出身奇特的怪孩子。

环姨是个单亲妈妈，她的儿子从襁褓时期就跟着她一起在戏班唱戏，该轮到环姨上台的时候，她就把小娃儿放在几个大型白铁戏服箱所围出来的小小空间里。那一小方空间以草席打底，再铺上一两层软垫或毛毯薄被，就是一个可供宝宝吃奶、换尿布、睡觉兼游戏的小小天地。环姨只需要跟留在后台的同事使个眼色、打声招呼，大家就会帮忙看顾，让她可以放心走到前台扮演娇美的苦旦女主角。有时若刚好她当天演出的角色有生产的戏份，她就会直接抱着儿子上台充当刚刚产下的婴孩，人生如戏，母子同台登场。

就跟环姨在戏班扮演的角色一样，她在真实人生中也是一个绝美又悲情的苦旦。她有一张惹人怜爱的小脸，秀气的鼻梁与似笑非笑的菱角小嘴，配上一对仿佛总是含着泪水般的圆大双眼，任谁看了都喜欢。

虽然环姨长得美，情感路却没有因此比较顺遂。她爱上的是某个已经有家室的戏班团主，在怀孕之后连原本的戏班都待不下去，只能离开去另一个团，独自一人养育孩子。

:

后来随着我认识的戏班阿姨多了，发现像环姨这样遭遇的人其实不算少数，一些阿姨都是不能正大光明现身的二房甚至是“老三”。“美人无美命”是那些戏班阿姨时常挂在嘴边的一句话，她们有时是为了姐妹而惋惜，有时则是感叹着自己。

从小跟着环姨在戏班讨生活的小娃儿，长大之后也跟着在戏班跑龙套，从七八岁开始担任一出场就立刻被砍死的兵士，再大一些就出演带着一脸白胡子的老生，同时还要负责在扮仙戏中扮演会翻筋斗的孙悟空。

野台的扮仙戏有两种：一种是最普遍常见的《三仙会》，只需戏班原本的女性演员就能完成；另一种是比较高规格的《醉八仙祝寿》，通常戏班得要额外聘请剧校的学生来扮演给王母娘娘拜寿的孙悟空，因为这个角色必须要能翻上几圈筋斗，不是科班武打出身的演员们没办法胜任。

环姨的儿子虽然没有受过剧校的训练，但因为从小跟着那些剧校来的大哥哥硬练，也能耍两下前手翻、后手翻，长大之后自然就负责接手孙悟空的角色，戏班老板也乐得省下额外另聘剧校学生的费用。

偶尔在遇到庙方要求戏班把《醉八仙祝寿》再整得更热闹一些的时候，我妈就会带我去打工，跟环姨的儿子一起戴上缝有猴子耳朵的头套，扮演满场翻滚的齐天大圣和小猴孙。

记得每次我妈带我去戏班打工，都会让我和妹妹跟着她在外面看一整天的戏，而且是坐在台上文武场旁边，不是花钱买座位坐在台下看。那时台下其他小朋友都会带着既羡慕又嫉妒的眼神看着坐在台上的我们。那些在台上看戏的日子，大概是我人生中唯一最接近特权感受的时刻。

环姨的儿子和我一样是个早熟的孩子，从小就长得一副心事重重的样子。他从来不会主动提起自己的身世，因为总有人比他更热切地三不五时拿出来讨论。被那些大人挂在嘴边当八卦聊，他似乎也习以为常不太在意，又或许是因为他很早就懂得，人们需要透过言说他人的伤痛来掩饰和忘却自己身上的。

孩子其实都是拥有大智慧的，只是大人们都不相信。

跟我妈同在阵头圈里工作的阿君姨，和我妈一样喜欢女人，她跟我妈的差别在于，阿君姨没有和男性结过婚，她的一对儿女都是她和伴侣领养来的。由于政策法规没有限制单身的人不能收养小孩，所以阿君姨和她的伴侣两人很早就以单身者的身份各自领养了一个女孩和一个男孩，想说这样一来孩子有个伴，而且两人名下都有孩子，责任感的分配会比较平均。

阿君姨非常疼爱她的一对儿女，除了时常会给他们姐弟买漂亮的新衣服和精致的进口零食，还为他们在家中客厅造了一个小小的专属游乐区。印有英文字母的彩色巧拼地垫上，放置着一座溜滑梯、荡秋千、摇摇马，还有一台BMW造型的电动车。

虽然我只去过阿君姨家两三次，而且当时的我年纪已经大到不适合再玩那些给五六岁小朋友玩的游乐器具，但我还是对那个客厅里的游乐园记忆深刻，并且打从心底羡慕。相较于在我们整个童年期间只带我和妹妹去过一次儿童乐园的我妈，当时的我心里觉得阿君姨和她的伴侣简直就是天堂派下来的家长。

我很喜欢和阿君姨的女儿相处，她是个话不多的女孩，很乐于跟人分享她拥有的一切，总是打扮得整整齐齐，最常见她穿的是领子配有蕾丝滚边的白色衬衫和颜色柔和的小短裙。不像我跟妹妹，总是常年穿着胸前有只不知名卡通图案的圆领T恤加上同色短裤。那是我妈到市场最爱帮我们挑选的衣服，因为成套就可以免去另外搭配的困扰，便宜又省事。

后来才懂得我之所以会喜欢和阿君姨的小孩相处，并不是因为他们家有很多玩具跟零食，而是因为跟他们在一起时，我不必担心什么时候会被玩伴问到为什么我没有爸爸只有两个妈妈。我们不需要对彼此解释那些。

环姨和阿君姨，以及她们的孩子们，对我来说就好像是没有血缘的亲族。我们都是这个社会中不符合规格的存在；我们身上，都有着那么一些与多数人不同的奇与怪。年纪小的时候，总以为自己会因为那些不同而不如人，直到后来长大了，也变老了，才明白如果不是因为那些奇与怪，自己可能无法长成自己真正的样子。

世界这么大，时间这么长，没有一点奇怪的人生才奇怪。

小　春

小春是我记忆之中，妈妈带回家来的第一号女朋友。

那个时候我们一家还住在中和，妈妈已经自己成立了牵亡歌团，当时小春是其中一位团员。因为是工作伙伴，所以小春经常进出我们家是理所当然的事，我的父亲不曾多问过什么；我也不确定他到底知不知道，小春跟我妈之间的关系其实不只是团员和老板。

小春和我妈一样来自南部，故乡也离我妈老家不远，所以她们说话的口音非常相像。她和我妈年纪相差不到十岁，和我妈认识的时候，她应该才刚要满二十。小春个子不高，骨架小小但很肉感，脸上有着一对乌溜溜的大眼、发亮的棕色皮肤和仿佛文过一样的深色嘴唇。她总是留着一头烫卷的中长发，就像那时当红日本女明星菊池桃子般的发型，是个漂亮又有性格的女孩。因为年轻，所以我妈要我跟妹妹叫她小春姐姐。她也的确让人感觉就是个照顾人的大姐姐，时常会从我们家附近的杂货店买些糖果零食给我们，因为她自己也很喜欢吃那些由色素和香料组成的小东西。

小春个性直率，平时很好相处，但只要醋意一来，就会变个人似的狂发脾气，也因为如此，我才会开始意识到她跟我妈原来不只是工作伙伴。

记得有次我妈和小春的共同好友小如送了些衣服给我和妹妹，小春发现之后，气冲冲地拿把大剪刀把那些衣服全部剪成碎片，吓得我妈再也不敢随便收人家的礼物，要是收了，也不敢再让小春知道，就怕她又会做出什么疯狂的事情来。

小春并没有在我们的生活中存在很久，因为孩子气的小春依旧动不动就发脾气，那当然是因为我妈一直都和其他人来往，没办法让小春安心，于是她离开了我们的牵亡歌团，转到另一个地方工作。她和我妈因为不常见面，关系自然就疏远了。随后没多久，我妈因为带着我们逃离父亲，有段时间一直躲藏着没敢和之前的朋友联络，一来怕泄漏行踪，二来也担心给别人添麻烦，我们和小春就这样逐渐失去联系。

我在二〇一四年准备拍片之前，打听到她嫁给一个和她同乡的男子，现在住在南部，日子过得还可以。没有犹豫太久，我就放下了原本想要去访问她的念头。没为什么，就是直觉这样应该是最好的选择，知道这位曾经的大姐姐一切都好，就好。

迟来的告白：我和我妈妈

小时候的我有时挺羡慕小春直率偶尔带点任性的脾气，那是年轻的生命应该要有的样子，喜欢不喜欢都能勇敢说出来。比起明明还只是个十岁不到的孩子的我来说，她似乎还保有更多的纯真，心里的感受是什么，表现出来的样子就是什么，没有那么多的藏在心里的事，令人欣羡。

在对小春的寥寥记忆中，有件直到现在还让我忘不了的小事，是她以前每回带着我和妹妹出门，总是会双手握拳只伸出她的小拇指，让我们姐妹俩一人握住一边以免走丢。可以牵着某个年纪比你大的人的手，是件令人感到有安全感的事，不管她要带你前往的是哪个方向、什么地方，都觉得可以跟随着她不用害怕。

在小春之后，我就再也没有遇过会伸出手来让我牵的大人了。也许是因为大人们都认为孩子已经长大，不再需要了。

娜　娜

娜娜到我们家，那是在我们母女离开中和旧家之后的事。

在我们离开家之后一年左右，我妈的阵头生意又重新开始运作，因为我们演出的口碑还不错，几家固定的葬仪社经常派工作给我们，我妈还去申办了当时正在流行的BB机，让葬仪社老板们能找到她，她就不用勤跑到葬仪社请那些老板抽烟、吃槟榔，陪打牌消磨时间。

不过我妈并没有因为这样就闲下来，她依旧每天出门，而且一样香烟、槟榔不离手，只是目的地不再只是中和庙口和葬仪社街，她转换场景到了台北桥头一带看野台歌仔戏和泡老人茶室。这次她花时间投资，期待换取的不再是生意收入，而是感情。

我妈手边总是会有各个野台戏班老板自己手写后复印的戏路表，A4大小的纸张上详细写着每个戏班近期内的演出时间和地点。在那个还是台湾钱淹脚目（钱淹脚目，是用来形容经济发达）、大家乐赌气仍盛的年代，野台歌仔戏的演出机会非常多，因为总有连绵不绝的幸运信从要叩谢神恩，在诸千岁、王爷、圣母们千秋圣诞的旺季，每一班的戏路表都可以密密麻麻写满一整张纸，几乎每周都有好几场演出，我妈就依照那些指南去跑她的看戏及交友行程。

野台戏在下午三点和晚上七点各开演一场，下午场的演出主要观众是庙方与神明，在固定的扮仙戏之后，通常会接着演出“古路戏”，也就是用文言文吟唱搬演的忠孝节义历史故事，到了晚上就改为大多数观众喜欢看也容易懂的“胡撇仔戏”，演的多是家庭伦理及爱情悲喜剧，加上喷干冰、五彩转灯、吊钢丝，舞台效果炫丽，总能吸引到大批量的观众来看戏。

不过台上演出什么剧目对我妈来说不重要，因为她的重点是在歌仔戏开演前以及中场休息的时段可以爬着用竹竿搭成的简易梯子，上到后台跟那些准备上妆或已经顶着整头假发髻、插满晶亮发簪步摇与化着整脸大浓妆的演员们聊天搭讪。

由于初恋的关系，我妈与不少北部的歌仔戏班都认识，加上蛮多戏班演员也会兼做阵头演出，所以她们基本上算是同一个圈子的人，阶层气味相近，相处起来完全不费力。很快地，她就与大家都混得挺熟，在几个戏班都有交情不错的好朋友。依照惯例，我也就有好几位戏班演员干妈。对这些在戏班和阵头圈找生路、讨生活的底层女性来说，互认彼此的小孩为干儿子、干女儿，有点像是一种互助情谊的表现。

我妈就是在我其中一位干妈的戏班里认识娜娜的。初见面的人一定都会以为娜娜这个名字是她的外号或艺名，但这是她身份证上工整印着的名字，如同少女漫画般的浪漫，就是两个叠字叫娜娜。

我觉得娜娜就是所谓人如其名的一个实例。她有一副高挑清瘦的身材，一头及腰的直长发，永远都是梳拢整齐地披挂在她肩头某一侧。第一次见到她的时候，我觉得她简直就是个生在人间的仙女，一百六十八公分的高个子，步履却似猫一般轻盈，走起路来像是用飘的。

娜娜其实是外省第二代，因为兴趣加上朋友介绍才进戏班学戏，她在通常以闽南人为主的野台戏班中算是特殊的少数。娜娜后来一起住进了我们母女在三重租赁的那个雅房里。我妈带她回来的那一天，只说了句以后我跟妹妹要叫她妈咪，然后两个大人、两个小孩从此就这样挤在一张大床上，再没有其他多的说明跟解释。

我妈向来这样，不会跟我和妹妹多说什么。人家说教养教养，我妈对孩子似乎没有教，只有养。

娜娜刚来的时候原本还是以唱戏为主，只有偶尔跟着我们一起去跳牵亡，但过了一段时间，牵亡阵就逐渐成为她的正职，唱戏反倒变成兼差。我们一家两大两小的工作收入，让我妈在两年不到的时间就买了一间位于芦洲的房子，付了头期款后，娜娜跟我们一起搬到了新家，那个房子实际只有十八坪不到，两房一厅一厨卫一阳台的“好思家”。

“好思家”是那栋回字形大楼的名称，房地产商还煞有介事地将那三个字做成铁铸雕花置放在大门入口处，许久之后我才发现，那原来是取自电影《乱世佳人》女主角郝思嘉的名字，音同字不同的心思，不知道那个房产名称的发想人是否也是个爱电影的人。

按照我妈的说法，那时她会决定要买房子，是为了能够拥有我们自己的户口簿。由于我们在逃离中和的家之后都没有把户籍迁出，母女三人一直是“幽灵人口”，我和妹妹也因此没办法去上学。后来公所的小姐告诉我妈，如果她的名下有间房子，那么就算她与我父亲婚姻仍然存在，我们母女的户口也能转出到她名下。

人走了，名字却还被困在以我父亲之名为户主的户口簿里，对我妈来说始终觉得逃得不够彻底，心底不痛快。于是她决定听从那位好心户政小姐的建议，买间房子，把我们母女的名字也救出来。当时的她肯定没想到，在十几年后的某一天，我父亲的家人会循着她救出的名字与户籍，找到我们。

娜娜妈咪跟我们一起生活将近八年。在那八年之中，我从一个内向懂事的孩子，慢慢成长为一个自闭古怪的少女。在那个情窦初开的年纪，我从娜娜和我母亲的关系之中，观察并认识到爱情的样貌。

我妈对娜娜妈咪很好，好的方式可以有很多种，比如她们在茶室喝茶、嗑瓜子的时候，她会用嘴巴仔细地把那一颗颗黑黑亮亮的酱油瓜子壳咬开，再用手将里头薄脆易碎的肉挑出来，完整无瑕的米白色瓜子肉就这样一小片一小片接连摆放在娜娜的桌前，好让她可以用优雅无比的姿态放进口中。对照当时坐在一旁的我与妹妹，两个小孩龇牙咧嘴啃瓜子的狼狈样，娜娜更显得像是脱俗仙女了。

我妈还会经常买礼物送给娜娜，生日的时候送上玉独、戒指、珍珠耳环、黄金坠子只是基本功夫，平常三不五时打牌赢钱也要大方分红，让她自己去添点喜欢的衣物饰品，这样才够贴心。

平心而论，我妈那些值钱的礼物也不是只送娜娜，她也买过不少给我跟妹妹，像是金手链还有金锁片都买过，只是那对我妈来说其实是保值的概念。我妈总是将身边多余的闲钱拿来买金饰，她觉得随身戴着不只好看还有安全感，不怕放在家里会遭小偷。想来那年头的治安应该还算好，没见她担心过穿戴那些金饰太招摇会遭抢。但只要那阵子收入比较没那么稳定，我妈就会把买给我们的黄金拿去典当换现金，所以那些饰品被我们姐妹戴在身上的时间总是很短暂。与其说那些是给我们的礼物，还不如说只是让我们姐妹暂时展示与收纳而已。

又比如我妈是个有奇怪洁癖的人，不太能容忍我们家白色的地砖上有一丁点灰尘或掉下来的发丝。只要一看到，她就会叫我们姐妹去把那脏点擦掉，或是把落在地上那一两根头发捡起来。但是，她从来不会要求我们的娜娜妈咪这样做。

对我妈来说，爱人就是要捧在手心上，让她觉得自己是整个宇宙里那唯一的一朵玫瑰花，独特且备受宠爱；直到有一天，这朵宇宙里唯一的玫瑰，发现还有另一个宇宙与另外一朵玫瑰花存在。

娜娜和我妈在一起的八年中，我妈其实出轨过不止一次，我知道的至少就有两回，而且两次都可以说是“轰轰烈烈”。

娜娜第一次发现我妈在外头还有另一个女朋友，是因为我妈和那个新女友“私奔”，连续好几天没回家，其间我妹妹又突然生病发高烧，娜娜焦急地拼命打手机给我妈，她都不接。后来连我妈的多年好友阿满姨也看不下去了，便安排娜娜连同她们熟识的诊所医生演出一场假自杀的戏码，才把我妈从南部骗回来。

这事在我拍片访谈期间，又听娜娜和阿满姨重新提过。

她们描述起当时，就像电影情节一样精彩。阿满姨的剧本是这样安排的：先由娜娜在我妈的手机留话，没有啰唆也没有哭闹，只说她太伤心绝望不想活了，接着再由阿满姨打电话去留言说，娜娜真的自杀了，吞下整瓶安眠药已经被送到诊所里洗胃。

这两通留言讯息果然让我妈主动打电话回来，她打回家时是我接的电话，因为娜娜理应躺在病床上。我依照阿满姨的交代，当我妈问说娜娜是不是闹自杀，我就说是；再问人是不是被送到常去的诊所了，我也说是。虽然事实上娜娜和阿满姨都好端端地站在旁边看我讲电话。

我妈当时居然还挺理智，因为她挂上电话后，又打到诊所去确认。她大概没料到那位医生居然这么亲民地参与演出，于是当天深夜我妈就被阿满姨天衣无缝的剧本骗了回来。

娜娜说，那个晚上，她跟阿满姨蹲在诊所外的整排车旁躲了好久，终于等到我妈出现，然后她们两人就一鼓作气把我妈拽回家去。

斗智、动作加上情爱纠葛，我妈的爱情故事简直比得上谍战片，很精彩，也很荒唐。

经历了私奔又被骗回来的我妈，过了一两年之后又爱上其他人。而这一回她没再离开家了，因为娜娜再也忍不住，选择离开。我妈那一次爱上的新女友，是娜娜以前在戏班的好姐妹，据说在她发现之前，阿满姨就已经多次提醒娜娜要留意我妈跟她那位姐妹的互动，但她没有听信。阿满姨后来总是骂说娜娜太傻、太天真。

双 双

娜娜离开我们家之后，她曾经的好姐妹，我跟妹妹的新阿姨很快就住了进来。那位双双阿姨应该是我见过的我妈历任女友之中最会撒娇的一个，时常可以听到她用那带点沙哑但很温柔的声音叫着我妈的名字。

双双阿姨的家里欠了很多债，听我妈说是因为她的母亲造成的。于是双双阿姨和她的妹妹两个人从小就在戏班学戏唱戏，帮忙赚钱还债。也许我妈真的很爱这位双双，所以不只前任女友的待遇她都有，我妈甚至爱屋及乌连她家里的负债都视为自己的一般默默承受，除了标会、借钱，我妈还将我们和娜娜一起买下的那间房子拿去借贷款，这样还不够，到后来我妈连我舅舅的房子也借来贷款，只为了帮双双偿还她们家的债务。

如果爱情有保险，我一定会帮我妈多买几个有巨额理赔的爱情险。

双双跟我妈在一起应该不到三年，她就离开我妈去跟别人在一起了。对方比我妈年轻，家中经营阵头中心，喜事丧事各式阵头都有。双双的离开让我妈很难过，那段时间她经常会服下过量安眠药，一睡就是两三天。记得有一次阿满姨还帮忙请熟识的那位诊所医师来家里帮我妈打点滴，好让她早点醒过来。我不知道那一大罐透明的点滴瓶里装的是什么，但那些液体真的让我妈睁开了眼睛。

一见到我妈醒了，阿满姨劈头就骂她为什么要这样做，家里还有两个孩子都不顾了吗？我妈在药效还没完全退去、半昏半清醒的状态下根本没办法回应，只嚷着要冲出门干一些轰轰烈烈的事然后死去。阿满姨被她气到说不想再管她，叫我跟妹妹两个要好好看住我妈，然后就走了。

那个时候，我才刚要满十八岁。

也许这些就是我从小到大完全都不爱看琼瑶跟“花系列”连续剧的原因，那些戏里描述的爱情太梦幻，而我在现实生活所认识到的爱情却太不堪。从小看着我妈不间断地重复着喜欢某人、追求某人，最后告别某人的轮回，不得不佩服她实在比我积极勇敢得多。

但愿我们都能一直不失去那追寻人生所欲的勇气。

丽 姨

在我所见过的我妈众多女友当中，丽姨应该是唯一一个年纪大过我妈的，而她也是我和妹妹最喜欢的一位阿姨。也许是因为年纪长，见过的世面多，加上她有如八点档连续剧般曲折艰辛的身世经历，让丽姨待人处事很有一套，个性既能活泼也能稳定，和她相处过的人都很难不喜欢她。

因为说得一口地道的台语，很多人都以为丽姨是南部人，但令人意外的是，她其实是在台北出生长大的台北人。丽姨说她父亲年轻时在日本学习唱片制作，常年不在家，总是只有母亲陪伴她。由于人在日本的父亲没办法负担在台湾妻儿的生计，丽姨小时候家中经济并不宽裕，她的母亲得一个人养活几个孩子，所以曾经一度想将丽姨送给别人当童养媳，以减轻负担。

据说当时才八九岁的丽姨已经长得清丽可人，看起来又懂事乖巧，很快就有好人家愿意领她回去。只是原本已经谈好要收养丽姨的人家，在拿了她八字去找算命师看过后，又把丽姨送还给她妈妈。因为算命师告诉那户人家说，他们跟这孩子没有缘分，而且这个孩子以后得扛父母、兄弟和子女的因缘债，要承担的责任重大，谁收养她就会被拖累。

就这样，丽姨又回到了那个原本想把她送走的家。

不得不承认那位算命先生的确说得挺准，回到家的丽姨主动跟她妈妈提议，如果家里需要钱，她可以去歌仔戏班学唱戏帮忙赚钱。她记得她的父亲有个朋友是戏班的团长，也曾经看过别的小孩在戏班里学戏，那是当时小小年纪的她可以想到的最好办法。

丽姨的妈妈答应了，她开始去戏班学唱戏，也开始扛起她与这个家的因缘债。也许是有天分，或是天生注定要吃这行饭，小小的丽姨音感好、记忆力也好，很快就背熟许多复杂的曲调和唱词，让她除了能在戏班演出，还同时跟着戏班老板到各地市集念歌仔卖药。丽姨说那时只要两天她就能赚到一只金戒指，收入比很多大人都高出许多。

成年之后的丽姨，刚好赶上二十世纪五十年代广播电台最流行的时候，曾经同时接了七家电台的邀约，每周就轮流在那些分布于台北、台中、台南的电台间录制歌仔戏节目。那时的丽姨已经是个专业的念歌表演者，直到现在年过八十的她都还有些零星演出。

曾经报导过她的媒体总爱称她为台湾宝贝，不过“宝贝”这两个字除了让她在年节喜庆、一些奠仪式时能接到一些演出的机会，并没有引起文化部门真的重视这快要失传的艺术，也没给她的人生带来多大改变。

除了念歌演出，丽姨有时也会到野台戏班帮人家“讲戏”，赚个小红包当零用钱。戏班在夜间演出的那些胡撇仔戏通常只有故事大纲，没有详细的剧本，因为以前戏班演员多是穷苦人家出身，不是每个人都能有很好的识字能力，所以教戏、学戏靠的都是口耳相传，少以文字记录下来。那一出出精彩的剧目全都只存在于资深演出者的脑中，于是如果遇到有新演员加入，或是老团员要演出新戏，都得委由宛如人体读剧机的老演员、老唱师来为大家说一说故事梗概和各个角色的对白与唱词。

丽姨虽然也是大字不识几个，但记忆力奇佳，唱过且牢记的戏码少说有上百出，那些全都成为她的资产。戏班需要配合庙公、炉主要求演出新剧码的时候，就会找她来给演员们讲些新戏。经常泡在戏班看戏的我妈，就是这样和丽姨认识的。

还记得第一次见到丽姨的时候，因为她丰腴的身材和逢人便笑的一张圆脸，让我觉得她看起来很像女版弥勒佛。她烫着一头台湾中老年妇女最喜欢的细细卷卷发型，刚刚好耳下长度的头发，从背影看去，有种变形版樱桃小丸子的趣味感。爱漂亮但节俭的她时常自己在家染头发，我也帮她染过几回，她不太喜欢死板无趣的黑色，于是每隔一段时间就可以看到她头上的颜色又有变化，咖啡、橘、紫、棕、蓝，或是低调但搞怪的深绿色。

我和妹妹之所以会喜欢丽姨，很大一个原因是我们都觉得丽姨是唯一一位在关系中不是被我妈照顾，而是照顾我妈的那个人。我妈有着典型的Uncle（Uncle，这里宜理解为绅士）性格，对和她交往的女性绝对都是出手大方地送金饰、现金献殷勤，也难怪我妈后来会搞到入不敷出，还在外头欠了一屁股债。

丽姨和我妈认识的那时，我正准备卖掉我们家房子，以便偿还我妈的部分债务，所以她不但没有接受过我妈什么物质上的馈赠，还在我们房子卖了之后，让我妈搬过去与她同住，那帮了我们很大的忙。

丽姨另外也有个我们都很喜欢的乐天性格，从来没见她发过脾气，她还很懂得治我妈那阴晴不定、起伏剧烈的古怪性子。丽姨用来治我妈那副坏脾气的，就是她唱得一口好念歌的本事。每次只要遇到我妈又发起脾气，板起面孔，丽姨就会开始唱些幽默的段子逗我妈笑。很神奇的是，这招每回总能见效，通常只要我妈笑开了，刚刚的一切她就忘了般的又是没事人，像孩子一样。

有时候觉得丽姨就像是个母亲般地照顾、疼爱着我妈，而且丽姨爱屋及乌，后来连我妹妹的二女儿都一起帮忙看顾。

我妹在婚后还是继续跟着夫家跳牵亡，一直跳到孩子要出生的前两个月还在场上演出，只是少去了劈腿、下腰、翻筋斗那些激烈动作。等到孩子生下来，妹妹坐完月子后，想为孩子多赚些奶粉尿布钱的心思让她不敢继续在家当个没有收入的全职妈妈。再加上夫家也需要她立刻回去工作帮忙，我妹其实也没有什么好犹豫的空间，毕竟生活从来都不会因为你的生命有什么重大改变就暂停下来等待你。

妹妹一开始还能带着大女儿一起出团工作，因为团员几乎都是夫家的人，多少能互相帮手照应，要照顾一个小娃儿还不太成问题。只是我妹很快又怀上了老二，若要专门找个保姆看顾，等于要把工作赚来的钱全都缴给保姆，怎么想都不划算，想到最后，我妹只能开口请我妈帮忙。

一开始，妹妹只打算在需要出阵时才把老二带去三峡区丽姨家托管着，工作完就可以把孩子接回去自己照顾。但是那时的阵头生意不像现在这样低迷，一整个月大概有一半以上的时间要出阵，加上阵头的工作时间不固定，有时天未亮就要出门，有时要等到半夜三更才能回家。作息乱，加上带在身边那个已经一岁多、活动力和破坏力都不断增强的大女儿，让妹妹和妹夫在工作结束后都相当疲累，实在很难立刻接手将老二带回家照顾。于是妹妹的二女儿在她两岁之前，陪着我妈和丽姨的时间远比跟在她爸妈身边的时间多很多，成了阿嬷跟丽姨婆的孩子。

妹妹和我始终不知道后来丽姨跟我妈为什么分开，在前两年趁着拍片访谈的时候，我分别问过她们俩，但这两人很有默契地都说那么久的事她们已经不记得了。虽然忘了过去，但她们倒是都记得问起对方现在还好吗？那也许是一种人们对待情感最成熟的态度。在有缘的时候互相陪伴一段，缘分尽时也希望对方一切安好。

这就是我生命中遇见的那些女人，教会我的事。

Part 5

记忆中的家屋与家物

我和我媽媽

The Priestess Walks Alone

曾经仔细算过，我们家平均每两年要换一处新住所，原因各式各样，有主动也有被动。比如母亲最初带着我们逃出来时，怕父亲找上我们，所以固定一年租约期满就要搬家；或者好不容易找到房子好、地点佳，但遇到附近捷运即将开通，房东要涨价，房子就超出我们所能负担的价格，不得不搬；又或者是住了一年才恍然大悟当初租屋时房东好心重新粉刷，原来是为了遮掩整治不好的壁癌，看着一片一片剥落的油漆和粉白结晶，只好再度弃屋而去。近年，我因为生了小孩，不知不觉也效法起“孟母三迁”，为了能给家中小小人觅得一处适宜安居之所，仍然继续寻找着下一个住家。

待过的住所愈来愈多，但是如果提到“家”这个字，最先会浮现脑海的，总还是那个三十年前我们仓皇逃离的地方。

在那个小小的空间里，堆放了一些物件，发生了许多事，有些剧烈如风暴，我得很努力不去想起；有些则平淡如白水，我却从不曾忘记。

小方桌

印有注音符号及九九乘法表的木制折叠小方桌，是我们家的饭桌，妈妈、妹妹和我都在那里吃饭。除了吃饭，我也在那张小桌子上挨了好几顿打。据说我小时候很难喂养，两三岁的小人，每喂一口粥或软饭，都要含在嘴里半天，不肯吞下肚，于是我妈就会准备从竹林摘采回来的细枝条放在一旁，我每吃一口，她就抽我一下，我才愿意边哭边嚼，和着眼泪把嘴里的饭菜吞下去。

她取来打人的竹子总是用不尽。每次趁妈妈不在，我就会把那些细竹枝条从窗户往楼下丢，看着用胶布捆在一起的细竹枝条直直落到二楼的遮雨棚上，天真地以为这样一来她就没道具可使，我就不用再挨打了。不过她总是会从家里其他地方再变出新的来，不知道到底藏了多少在家里。

除了吃饭，这小桌小椅也是我小时候用来写功课的地方。我在学校读书的时间只有短短三年，不知道是我早已预知能上课的时日不多，还是真的喜欢到学校学习，小学那三年，我每天都是大清早就自己起床梳洗准备，然后自己出门走路上学。我通常都是最早到学校的学生，有时早到，教室楼梯间的铁门都还锁着，只好坐在操场的秋千上等老师来开门。放学之后我会直接回家，然后主动把作业拿出来写好，完全不用我妈提醒。

尽管成绩不是太好，我倒是从来没有因为读书考试这件事而挨过打或骂。在我妈的标准和逻辑里，我们小孩只要乖乖吃饭能长大就好，其他都不那么重要，因为她明白光是要好好存活下来，就已经是那样不容易的一件事。

大同电锅

在不用出门工作的日子，我妈大多数时间都会自己煮饭给我和妹妹吃，因为她说自己做的东西比外面卖的食物干净，但我想应该也是因为这样比较省钱。

她最常煮的是一大锅粥，各式各样的咸粥，丝瓜蛤蜊粥、红萝卜排骨粥、吻仔鱼粥、虱目鱼粥、龙葵鸡蛋粥，或是炖上一大锅的卤肉、卤蛋、油豆腐加菜头，只要配上白饭，我们就能吃上好几餐。这些都只需要一只绿色的大同电锅就能做出来。

每次妈妈煮饭的时候，我都会跟在她旁边看，在那个几乎跟我们租来的房间一样大的公用厨房里，我仰头看着她洗米、切菜、剁排骨的安静侧脸。我很喜欢那个公用厨房，它有好几扇大大的窗，每当日光穿过整排窗户照在厨房里的妈妈身上，那个片刻总是让我觉得好安心，好像什么可怕的东西都不复存在，整个世界只剩下那个空间里的一切。

水泥和瓷砖砌成的水槽与流理台、市场里便宜买来花色各异不成组的碗盘、冒着蓝蓝火焰的单心瓦斯炉和炉火上滚煮着的菜汤，那些物件都既简陋又平常，却为我建造出一个飘散着香气的“暂时天堂”。

橘色塑胶澡盆

我们在中和租屋里只有一间浴室，是所有房客共享的。浴室里面没有浴缸，也没有莲蓬头，洗澡的时候，我妈都会用一个橘色塑料大脸盆装挂在白色瓷砖上两个水龙头流出来的水。事实上，标记蓝色圆点那边是冷水，红色圆圆点那边是热水，但不知道为什么，妈妈时常都要另外用锅子煮热水来给我们洗澡。

她会先在浴室将大澡盆放上一半冷水，然后走出浴室到厨房，用两条抹布充当隔热手套，端起她在瓦斯炉子上煮开的一大锅热水，再走回浴室将一大锅热水倒进大澡盆里，调和成刚刚好的温度。这一大盆水要用来洗净我跟妹妹，还有妈妈自己。

每次洗澡的时候，妈妈都会跟我们说话，但说的内容大都是一样的。有一段时间，她教我们说“死没人哭”这个词，她说我们以后就这样叫我父亲。“死没人哭”的台词说起来有点默契度，我妹妹总是学不会，到后来她都说成“死哭飞”，我妈听了都会哈哈笑。

我的父亲是客家人，但我好像没有听他讲过客家话。事实上除了他骂我妈之外，我很少听到他说话。我曾经见过爷爷奶奶一两次，每回见面他们都对着我讲客家话，也不管我听不听得懂。不知道是不是因为这样，有一段时间我妈就换成教我们客家话。“过桥又（ou），过桥又”（又在台湾地区表示“知道了，我懂了”的意思）是我唯一记得的一句。

我妈告诉我们，人死了以后灵魂会走过一座桥，叫作奈何桥，所以我们要说“过桥又”，这样爷爷奶奶听到了才

：

知要过桥。于是我跟妹妹都煞有介事地一边洗澡，一边认真地喊着“过桥ㄡ”这句严格上来说算不上坏话的客家话。只是，那个时候，我几乎陌生的爷爷奶奶，其实都还活得好好的。

那些我妈偷偷教我们的短短的词句，多少藏着她的各种怨念，每回在浴室，我和妹妹学着反复诵一回那些单字，我妈那些无处可去的怨怼，或许也随着橘色澡盆中慢慢飘散的热气蒸发掉一些。

家 法

“扫梳笭仔”这几个字得用台语发音，我不知道应该用哪几个字来写才正确。那是用几段竹子细枝条捆在一起的打小孩道具，不只家庭用，有些学校老师也会用。

因为做牵亡时常要送行亡者到山上墓地长眠，山上别的没有，树木、竹子倒是挺多的，我妈每隔一段时日就会采集一些回来备用，因为我也每隔一段时日就会偷偷丢掉一些。我丢她采，一直维持着某种平衡。

我妈用来打我们的道具其实不只“扫梳笭仔”这一项，还包括家里晒衣服的便宜铁衣架、浴室里的黄色水管，端看在她发脾气的那个现场有什么东西方便她取用。我妈很少徒手打我和妹妹，也许她觉得这样就不必直接碰触到那种疼痛。

动手打人可能是让情绪最快泄洪的方式，但在脾气过后却会让人再一次受伤。我知道我妈时常在动手打了我跟妹妹之后哭泣，那是她很少出现的情绪反应。不管是在什么情况之下，她都不太会以眼泪示人。

这或许就是我一直没有办法完全责怪她打我们的原因。每回当她默默地把打到弯曲的衣架或断掉的细竹枝捡起来丢进垃圾桶，当她拿着药膏给我们姐妹俩的伤口上药时，我看见她的眼泪，不管那是为了我们的无辜，或是为了她自己的无助，都让我忍不住跟着她一起难过起来。

电 话

在那个手机还不普遍的年代，有人要找我妈都会打电话到家里来，我时常接到葬仪社打来预订牵亡阵的电话。现在仔细回想才发觉，从来没有人打过电话来找我父亲。

打电话来找我妈的除了葬仪社，偶尔还会有妈妈的朋友，通常每次随着电话来过不久，拨打电话的那位阿姨就会出现在我们家。她们出现时，脸上身上多少会带着或青或紫的瘀伤，有些阿姨会提带行李，有些阿姨则只带着满脸的眼泪。

因为家里时常充当受暴妇女的收容所，小时候的我以为女人结婚之后都会挨打，所以打从心底埋怨自己被生成女生。一直到我二十岁之前，我都很抗拒穿裙子，深信打了耳洞下辈子还会当女生的说法，暗暗地想这辈子绝对不能打耳洞。十八岁时我自己跑去皈依佛教，还吃素吃了许多年，一心准备等我妈妈过世了，就出家当尼姑。

后来一位熟悉寺庙内部运作的长辈跟我说，如果要出家当尼姑得先准备一笔钱，不然进去后可能会被欺负。我人生中的第一个目标，就因为没钱而不得不放弃了。

没过几年科技发展出行动电话，那是体积比室内电话话筒大一些的“黑金刚”。我妈为了不漏接任何一场牵亡工作也申办了一部。在那之后，我就比较少接到打来家里找我妈的电话了。

在往后的其他住所里，我们还是习惯装上一部室内电话，只是因为经常更换，我总是记不得正确的号码，每次需要用上的时候，我都得拿出手机查看通讯录，才会知道现在家里的电话号码。不过，我倒是一直没忘记中和那个家里的电话号码：2483048，2483048，七个数字，一个也不少。

“喂，阿女啊。”

“喂，我是阿女的查某子（查某子，是指女孩子），她不在家，请问有什么事吗？”

那部电话偶尔还是会有铃声响，我一接起，就会传来过去的声音。

达新牌衣橱

在妈妈和我们的床边放有一个达新牌衣橱，就是那种附有烤上白漆的铁架零件，得要自己DIY组装好，然后再套上各种颜色图样塑料布就完成的简易衣橱。

家里这个布衣橱，是小时候的我最喜欢的家具。

我知道妈妈总是把一些重要的东西，包括她工作赚来的钱、有急用时可以典当变卖的黄金、户口簿，还有她的身份证件，全都藏在布衣橱里。每隔一段时日，我就会站在一旁抬头看着妈妈将所有藏好的东西一一拿出来，然后换个角落再一一藏进去。从中间铁架和纸板夹层换到某件冬天外套的口袋里，或是从卷成一团的袜子里换到最上层的纸板和塑料布之间。那个时候，我总觉得她好像魔术师，可以把东西变出来，又变不见。

妈妈不在家的时候，我常常跑到布衣橱里，从里面伸手将两片塑料布中间的拉链拉起来，把世界隔离在外面。因为我不够高，所以拉链总是拉不到顶，还留着一大段缝隙，可是这样刚好可以让光线和空气流进来。躲在里头被满满的妈妈衣物包围住令人觉得很安心，那让我觉得自己也是被妈妈仔细收藏好、珍贵的宝贝。

在妈妈要带我们逃离家里的那一天，我们也是站在那个布衣橱前面。

我抬头看着妈妈快速翻找出藏在衣橱各个角落的现金、纸钞、金戒指，还有她那张塑胶封套已经发黄陈旧但上头照片依然年轻的淡粉红色身份证。妈妈匆忙将所有东西都塞到她的衣裤口袋里，顾不得衣橱拉链没重新拉上，就牵着我和妹妹快步走出家门。

在离去前，我看了一眼我最爱的秘密基地。那个白底蓝绿色印花的达新牌布衣橱，两片缝着拉链的塑料布无力地垂下，敞开的衣橱已经没有任何珍贵物品藏在里头了。它看起来好孤单，也好哀伤。

离家那年我小学三年级，遗留在旧地的那些物事一直都还存在我的记忆里。

它们就是我曾经离开，但一直离不开的家。

Part 6

我和我自己：阿侦

:

我看见黑。

时而像是迷雾一般，虚无缥缈，一层一层无边扩散，将我包围；时而又像流沙旋涡，浓稠厚重，吞没我不停往下坠。

我看见在黑暗里还有其他的什么。

有时会发光，有时不会，但总能看得出形状，或总是原样，有如万花筒里所看见的那些，不停地变化，不断地出现，直到我再也撑不住，昏昏沉沉睡去之后，这些画面才会停止。

如果你问我对生命最初的记忆是什么，我想应该就是这些。那是我从小每天晚上只要闭上眼睛就会看见的景象。很多很多年之后我才发现，那些景象其实很像是老旧的菲林底片在电影正式开始播放前，那一小段一小段没有影像的胶卷所投映出来的画面。

那些黑暗与光点，预告着电影即将上演，而你永远不知道接下来要看见的会是一个什么样的故事。

人生，也是如此。

既古怪又难养

那天晚上，据说我一直迟迟不肯离开那个住了十个月的肚子，任凭我妈怎么使力推挤了几小时，我都不肯出来。眼看再这么下去可能会有危险，医生只好动用吸盘辅助，才将我带到这世上。似乎还未出世，我就已经知道这外头世界的不易，开始抵抗，不肯让自己呱呱坠地。

不知道是不是因为过程过长导致缺氧，再加上真空吸引的缘故，我刚出生时全身发黑，而且头脸看起来特别长，像颗花莲西瓜，我妈说她见到我第一眼的感觉是，这孩子怎么会长得这么丑怪？

那个时候她还不知道，孩子长得丑事小，难养才是大问题。

体弱多病，吃不定时，睡不安稳，夜晚啼哭，时时要抱，不能离身。这么一个折磨人的小孩，我妈觉得自己有种抽到签王般的无奈。

关于多病这事，我是有记忆的。记得小时候家里床头和冰箱一定常备退烧药，放在冰箱里的是白色子弹形包装的塞剂，床头放的则是一整排铝箔包装的口服黄色药丸，小药丸是香甜的橘子口味，有时没发烧我也会自己偷偷拿来吃。

小时候我很喜欢生病，因为只有在生病的时候，妈妈才会一直陪在身边专注地看顾着我。只要我全身滚烫，她就会拿出冰箱上层那个红色橡胶冰枕，用毛巾包裹几层后，放在床上让我躺着。要是体温迟迟没有降下来，她还会加条浸湿的毛巾覆盖在我的额头上，等毛巾吸收了热度之后，她就会拿去浸凉再拿回来，如此反复直到我烧退。在那时我们那个没有冷气的住所里，夏天生病其实还比较舒适。

有些时候，我会想办法让自己生病，或至少看起来像是生病的状态。比如只要一直集中精神想着我在发烧，过一会儿我的体温就真的会升高，虽然不会像感冒那样高烧，但一定会超过平时正常的温度，然后我就可以获得妈妈把手放在额头量温度的接触。不过事情只要常见就不稀奇了，后来随着我慢慢长大，我妈就不太再为我动不动就发烧而慌张，因为她知道只要拿起家里的退烧药往我嘴巴或是屁股一塞就没事了。

如果不说时常生病这事，小时候的我其实是个完全不需要我妈操心的孩子。打从第一天上小学起，直到小学三年级最后去上课那天为止，每天早上我都是自己设好闹钟起床，自己刷牙洗脸、梳头、穿戴整齐，自己到外面买早餐，自己走路去上学。太过紧张的个性，让我经常都是最早到学校的那一个，早到通往教室的楼梯间铁门都还没有打开，只好独自坐在操场的秋千上等待值班老师来开门。

放学回家后，我会主动把功课做好，再准备好家庭作业和圆珠笔，一起交给我妈签名。如果遇到学校要交钱买什么红十字、防疫爱心邮票，我会拿出自己的早餐钱去缴。遇到要课外教学，我也会自己去杂货店准备便宜的点心，尽量以不给我妈添麻烦为原则。

那时的我是个懂事乖顺到太过分的小孩。

简直不像个小孩。

除了因为与生俱来的性格，大概也跟我是如何认识这个世界的方式有关。作为一个孩子，我太早见识到生命的苦难，太早知道关于最亲近的人可能施加于你身体上、精神上的各种暴力与伤害。

我或许也太早认识了死亡。

早在十岁之前，我见过的死亡就已经远比我认识的活人还多。在那个对所有事物都还好奇的年纪，关于死亡这件事我倒是已经没有任何怀疑。每个人都会死，尽管可能是在不同年纪、以不同方式死去，但最终的死亡都一样，没有人能例外。

记得小时候看过一部由廖峻和澎澎主演的电影《大笑兵团》，电影说的是生活在社会底层的七个人各自遇到失去工作或急需有份工作的困境，于是这几个人共同成立了一家万能服务公司。他们接受的工作内容五花八门、无奇不有，其中包括到别人的告别式充当“西索米”乐队(西索米指的是送葬乐团)，甚至是扮演送葬家属。这七人因为没有经验而闹出了很多的纰漏与笑话，那些看似荒谬可笑的电影桥段，跟我从小所见到的真实人生，其实没有相距太远。

丧家家属们跟着主持祭祀的法师一边持香祭拜，一边为了家产的事情吵个不停，法师的口中念着经文，家属的口中念着咒骂；灵堂前香炉里落下的香灰隐约浮现了奇特的图案，家属们纷纷挤身在香炉前研究那是不是亡者要指示他们的“明牌”；挺着大肚子的陌生年轻女子想要进灵堂给亡者上香，原本端庄沉静的未亡人，瞬间仪态顿失地对着那位年轻孕妇破口大骂，吼着不可能让外面的野种进她们家门半步……各种理应不该出现在哀戚葬礼上的画面，我都见过。

或许就是这些令人无言的场面，冲淡了我对死亡原本应有的恐惧，甚至还生出了些莫名的敬意，因为活着似乎比死去更惊险，而死亡只是来为这一切的荒谬画下句点。

但死亡这件事，认识得太早，还是好过于认识得太晚。因为懂得死亡的必然，才能少浪费些好好认识自己以及这个世界的短暂时光。

上学这条路

在二〇一六年《日常对话》片子完成也开始放映后，每一次的映后座谈总有人会好奇，在那些没能去学校上课的日子里，我都在做些什么？如何学习？为什么没有“长歪”或往下掉？

我知道自己在许多人眼中是个挺励志的特例，但造成这样一个特例，不是因为我有多努力，而是在我成长的路上接受到来自很多很多人的好意。是那些大大小小的好意，给了一个年轻生命许多机会去成为她自己。如果有天我们的社会能够真正进步到可以给予每个孩子足够的好意，那么像我这样让人觉得励志的经历就不会是例外，可以成为一种更好的常态。

我人生中的第一所学校，是永平小学。虽然不太喜欢学校发的深蓝色短裙，但是我很喜欢系条松紧带的橘黄色帽子，喜欢自己穿上一身学校制服，看起来就跟其他小孩一样。

但看起来一样，终究不是真的一样。

记得先是看见课本中所描绘的家庭，一个跟我经验里完全不一样的家。课本里的妈妈总是穿着洋装洒扫庭院跟下厨，并且带着温柔微笑对家人嘘寒问暖；课本里的父亲总是穿着笔挺在家看报或提着公文包去上班，并且会在假日时带家人出去玩；课本里的小孩总是并肩坐在一起快乐地吃点心、学才艺、弹钢琴。

原以为出错的是课本，但是坐在教室正中央的班长和副班长都说，课本上画的都跟他们家好像，然后有愈来愈多同学也举手说跟他们家一样，我才发现，原来出错的是自己。

接着是老师给的周记作业。我听着其他同学写的假日精彩游记，自己却半个字也交不出来，因为我们家从来就没有什么家庭旅游，就只有跟着妈妈演出时，在丧礼进进出出的那些日子。

学校是个迷你版的小小社会，天真但不一定无邪的孩童们在其中学习复制大社会的一切，竞争、比较、分类、排挤、画圈。于是很自然地，我在班上几乎没有什么朋友，没有人会主动找我玩，我也不会主动加入任何人的朋友圈。同学中与我互动最多的，应该就是那个永远坐在第一排，需要用放大镜才能看到课本上文字的男孩。

男孩住在我家附近，家里经营瓷砖生意。每天下课后，他都会在自家店里继续拿着放大镜写作业。由于男孩天生有严重的弱视，学习上比起其他人要辛苦很多，老师总是鼓励同学可以和他一起读书，帮助男孩看清楚作业上的题目。

于是偶尔我在放学后会先到男孩他家那个三面墙都挂满展示瓷砖的小小店面中，跟他一起把作业写完才回家。男孩从来没有问过我为什么老是请假没上学，可能是因为他根本没发觉，也可能是因为在他视力不佳的眼里，人看起来并没有那么多的分别。

我跟男孩只相处了三年，三年后的某一天，我就离开了小学，再也没有老师，也没有同学。

所幸我还有一本小字典。

在小学那三年的时间，虽然没能天天上学，至少还是认识了不少字，学会了九九乘法，而且最重要的是，老师教会了我查字典。所有我还没来得及认得的字词，字典都懂，都收在里面。

失去的东西总是令人觉得特别珍贵。不能去学校之后，似乎让人更渴望能有学习的机会。我特别喜欢学认字，只要是出现在身边而上头有字的东西我都要读一遍，仿佛只要能够认得所有的字，我就能够懂得这世界。

路边的招牌、塞在信箱的广告单、嘴里吃着的糖果饼干的包装袋，只要有字我就读就认，遇上不懂的字就查字典。后来有段时间，我妈的朋友阿满姨会把她家小孩不再需要的小学课本、教科书，都带来送给我跟妹妹，让我在家也能把小学的课程都看过一遍。

有时觉得光是小学教的那些基本认字与算术，其实就已经很够一个人日常生活所需了。

其他几所学校

我的第二所学校，应该算是一起做牵亡的大姐姐带我去的漫画出租店。从没有店名、门口挂着配锁刻章招牌的小小入口走进去，出租店里有着窄小但深长的空间，全都堆满书本等着被租阅。

那家老旧小店是个迷人的世界。其中我最爱的是恐怖漫画、倪匡科幻全集，以及三毛猫的推理侦探小说，因为那些离奇曲折的情节，可以让我暂时忘记现实里的一切，而且只要和那些怪奇新异的故事一比，我的现实似乎也就显得正常得多，只是一个上不了学，经常要跟着妈妈去工作赚钱，有个妈妈喜欢女人，还有个父亲曾侵犯自己的普通孩子，而已。

在那段时间里，我总是在想自己到底是谁，为什么要来到这个世界？成天在脑子里可以编出各式各样超现实的情节，但不管再怎么想象，最终还是要回到现实世界。长大之后才发现，那几乎是种哲学的思辨。

出租店陪着我度过了等同于中学的那几年，店内那些我喜欢的类型书大约都已经看过一遍，我也就从那里毕了业。

我的第三所学校，应该就是我妈跟楼上房东分接的有线电视。那个时候大概可以算是我的高中时期吧。小小一支遥控器，加上一台二手显像管电视机，二十四小时放送的各式节目，让我可以整天都坐在荧光幕前。龙祥电影台、卫视电影台、Cinemax、HBO，是我最喜欢收看的几个频道，一部又一部的电影填补了我不用出阵头的那些空档时间。

那些港片、洋片让我开始想象他种人生的可能性，也开启了我对其他语言的兴趣，有段时间我还会到书店买英文、日文学习书来自学。要刺激学习最好的条件或许是空白无聊的时间或空间，因为那些空白，自然会让人想要找些自己有兴趣的事情来做来学。

虽然看了那么多的电影，但我那时从来没有想过自己有天也会拍摄一部关于我们家的影片。直到那位纪录片导演的出现。

那是我刚满二十岁那年的夏天，这位导演的出现，就像是在我前方举起了一面“请由此去”的旗帜，还外加叮咚叮咚的警示声。循着指示，我到了我的第四所学校。

一九九八年开始在各县市设立的社区大学，里头有各式各样的课程，包括我想学习的纪录片制作。我去了当时最靠近我家的芦荻社大，原先只是单纯想要学习如何操作摄影机及影片剪辑，但后来我却在那里学到了更多的东西。

这个学校教会我的，是一种方法。一种观看自己与他人、自己与所处社会之间的关系的方法。那个方法似乎正好符合我那被某位长辈形容为业障太重的性格，对于生命所遭遇的种种困惑，我都想找出答案。也许，那也就是为何当初在命名时，算命先生会选择给我这个“侦”字的原因。

芦荻社大的工作人员其实都是社运工作者，因为认识他们，我才会去后来的一些工运组织工作。在这些前辈带着我一起工作的那段时间，他们教我懂得了更多的事，但我想那是另外一个很长很长的故事了。

命运虽然让我进不了多数人都能去的校园，但其实也没什么关系，反正学习从来都不是只能发生在学校里。

成为母亲之后

二〇一二年，只差一岁就升格成为高龄产妇的我，剖腹产下了女儿。

在多了妈妈这个身份后，原本生活中的一切似乎都有意识或无意识地重新定位校正。作息时间以配合小孩为原则，时间切割以两小时为最大单位，喂奶挤奶、拍嗝、洗奶瓶、换尿布、洗屁股、吐奶换床单、洗衣服、唱歌说话、按摩小手小脚、刺激感官发展轻轻拍拍入睡，以上这些两小时后再从头来过一遍。饮食以生产优质奶水为原则，持续几十天的鸡汤、花生猪脚、黑麦汁，就算已经毫无胃口也要想办法吞下。时事新闻比不上育儿须知来得紧急重要，艺术创作、休闲娱乐更比不上小孩每天吃奶量正常跟顺利解大便来得令人开心与满足。

在孩子出生后的头几个月，生活日常琐事变多，但脑袋却像被装了几片滤镜，筛掉了许多没那么重要的艳色噪声，真正能被留下来往心底去的，好像只剩下一件事：自己与眼前这个小小人的关系。

每天看着襁褓中的女儿，总忍不住想象关于她未来的许许多多事，同时也想象着自己应该成为一个什么样的母亲。

不过每次只要想着我跟我女儿，我就也会想到我跟我妈。

小时候我一直很怕我妈。怕她突然而来的脾气，怕她总是不说分明就动手打人，但真正最让我害怕的，是有一天她会丢下我跟妹妹，自己一个人离开家，永远不再回来。因为我一直都知道，那个家让她很不快乐。

我也不快乐。

大概是某种身为家中老大的宿命，从小我就善于察言观色，我会观察母亲喜好的然后努力迎合，观察母亲厌恶的然后避免去做，那不只是因为发觉有了妹妹这个母爱的竞争者，希望为自己多博取一些喜欢所做的本能反应，更是因为我身处的家就像是个修罗场，唯有时时提高警觉才能帮助自己减少一些灾难。

我一路带着从家中看到、听到的那些不快乐成长，经过了充满恐惧的短暂童年、自闭又自卑的少年，到因为机缘而突然接触到大量知识资讯开始学着反思自身的成年，我妈带给我的那些害怕，从来都没有真正完整解消过，只是潦草地被搁置在我记忆中的某个角落。

如果不是因为遇到生小孩这等震动身心的大事，那些话语大概都只能默默继续待在角落蒙尘，我不会有足够的勇气去翻出、去碰触。是我女儿的出现，把那些堆在各个角落里的东西都给震得散落满地。

在我们第一次相见的那天，女儿就丢给我一个我早就该自问的问题：我是谁？

我想我永远不会忘记，那天当护士将她轻轻放在我怀中，让我试着哺乳的那一刻，原本闭着双眼吸吮乳汁的她，忽然睁开眼睛看着我，那刻，我感受到的不是为人母的喜悦和感动，却是惶恐。因为她的眼神仿佛是在问着：“你到底是谁？你凭什么哺喂我？”

那个我答不出来的问题，一直在脑子里回响，怎么样也挥不去。

只要每次我一想着自己要成为什么样的母亲，我就不可能不先去想自己是一个什么样的人，如果要问自己是个什么样的人，我就不可能不去回看那些点点累积成我的过去。

每天看着女儿那双澄净到仿佛能够穿透一切的眼瞳，我就越发确定，自己不可能把那些被震落的东西再塞回原来的地方。不可能，也不应该。

过去不能藏起，需要好好整理。但，该怎么从头梳理起？我想起打从自己二十岁时就开始拍摄，但一直没有能力与勇气做完的那部片子。那或许便是梳理的开始。

阿女和孙女

拍一部自家的电影

第一次萌生要拍一部关于我们家的电影的想法是在一九九八年。那一年我和妹妹还一起在距离我们家只有一公里处的阵头中心工作，妹妹跟我都是牵亡歌阵的前场舞者。

牵亡歌阵是台湾一种民俗丧葬阵头，在二十世纪八十年代曾经非常兴盛，不论在乡间或城市，经常可以在铁皮搭建起的告别式场中看到演出。

虽然当时我才二十岁，却早已是个资深的歌阵演出者了。打从六岁开始，我就跟着妈妈一起出阵工作，帮忙赚钱养家。在二十岁之前，我的生活很单纯，单纯到能用一段经典广告词来形容："如果我不在家，就是在咖啡馆；如果我不在咖啡馆，就是在前往咖啡馆的路上。"只需要把"咖啡馆"三个字都改为"做演出"，就可以直接套用来形容我的日常。

:

一九九八年的某个初夏午后，如同其他无数个需要出阵工作的日子，我跟妹妹依照老板通告时间前往阵头中心，与其他团员正打开各自的化妆箱准备上妆。这时有位带着摄影机的陌生男子走进阵头中心。团长说，那是电视台派来采访的记者。那句话没有什么征询的意味，就只是告知。

于是那名“记者”就这样开始拍摄起我们化妆准备的过程，他一边拍一边还会丢出一些问题问我们。但我对他的好奇更多，尤其是他擎在手上的那台数位摄影机。我想知道怎么操作摄影机，想知道要花多少钱才能买到一台，想知道要怎样才能拍出一部影片在电视上播出。这位持着摄影机的男子非常亲切有耐心地回答我所有问题，甚至在拍摄结束后，还给我寄来了一份纪录片影展的广告单，要我去看他拍摄的其他作品。

每个人一辈子大概都会遇到几个改变自己人生方向的人或事，之于我，这位突然出现的“记者”就是其中之一。

我依照他寄来的广告单信息，独自一个人换了两路公交车，找到那个在敦南诚品举办的放映会。这在当时对我来说已经算是重大的行动，在那之前，我都不曾自己独自外出到步行或脚踏车无法到达的地方。那天应该是我第一次去到那样漂亮的商场大楼，跟我以前见过的地区百货完全不同，仿佛像是进到另外一个世界。原本因为担心自己在那个看起来很有水平的地方会显得格格不入，幸好地下二楼的放映厅外聚集了满满的人潮，我告诉自己没有人会留意到我，努力假装镇静地跟随着人群排队等待入场。

那天，在坐满人的黑暗小小影厅里，我看了人生中的第一部纪录片《毕业纪念册》，接着又看了《美丽少年》，我才知道原来这世上有种电影拍的不是虚构故事，而是人们的真实人生。不用事业有成，不用凯旋归国，不用是达官显贵，不用是俊男美女，平平凡凡甚至坑坑疤疤的人生也是可以被述说的、重要的故事。

也是在那天我才终于搞懂原来那位“记者”并不是记者，而是一位纪录片导演，他的名字叫作杨力州。因为遇见这位力州导演和纪录片，让我看见了一种“为自己说些话”的可能。

我在几个月后存够钱买了自己的第一台摄影机SONY TRV-900，并且决定自己来说一个关于我们家的故事，拍一部关于我们家的纪录电影。

当时我真的没想到，这部电影竟然一拍就是这么多年。

“这是一个关于我母亲的故事。她出生在一个传统的年代，但却是个很不传统的女性。她是担任‘牵亡阵’红头法师的女同志，兴趣是抽烟、打牌，还有收集槟榔盒上的清凉美女图。

“七岁那年的我发现妈妈喜欢的是女人，现在妹妹七岁的女儿问我：‘阿姨，阿嬷系查埔（查埔，是指男孩子）还是查某乁？’

“这个答案很长，于是我只好拍一部片来回答她。”

在决定将十几年前就起了头的片子完成之后，二〇一二年的六月，我开始着手准备拍摄企划，这段引号里的文字，就是我为整个企划所写下的第一段故事大纲。

要将人生浓缩成一段有字数限制的大纲，实在很困难，所以短短几行字，我都写了又改、改了又删、删了再重写，字字斟酌。其实我对我妈的疑问，远不只是这段文字所提及的，不过就算只是书写，我都没敢说清楚，我对她的最大质疑，其实是爱。

她爱我吗？在我刚出生的时候，她也会像我抱着我女儿那样，轻轻柔柔地将小小的我拥在怀里，听我呼吸，对我说话吗？我曾经是她眼里最重要、一定要用生命保护的人吗？当她看着我的时候，心里也会感到欣喜与满足吗？

为什么我会有这样的疑问？天下的母亲不都是深爱自己孩子的吗？

或许是因为，我的母亲并不是个天下一般的母亲。

最熟悉的陌生人

记得在我八九岁的时候，曾经在家里发现一张我妈年轻时在照相馆拍的照片，照片里的她留着一头长发，穿着长袖紧身上衣和一条喇叭裤，侧身站在木制楼梯的布景上。那是我第一次看到她做那样的打扮，看起来像是个青春女生的模样，跟我每天见到的总是一头利落短发、衬衫长裤打扮的妈妈完全不同。

当时觉得自己好像不小心发现了什么不得了的秘密，慌慌张张地想着应该赶紧把照片放回原处，但又忍不住拿起照片彻头彻尾反复检视好几遍，因为照片里的妈妈实在令我太好奇了。有那么一瞬，我的确动念想把照片偷偷藏起来，又害怕被发现会挨骂，况且我也不知道藏起来之后要干吗，最后还是乖乖地放回原来的抽屉里。

我不确定那张照片后来哪去了，不知道是不是我妈将它送给别人（那个年代好像很流行在自己照片背后写上“勿忘影中人”，然后赠给亲昵好友），或许只是因为在之后没多久，妈妈匆忙带我们逃离时没有带上，就这样一直遗留在那个曾经的家中某处。后来我再也没见过那张照片，但上头那个年轻女子的影像却一直存在我心底，伴随着许多猜测一起。

从小到大，我妈从来不曾主动开口对我和妹妹说关于她自己的任何事，就算一起生活、相处了三十多年，她仍然像是我最熟悉的陌生人，我对她的认识都是凭借着自己的观察，以及她偶尔和朋友交谈时透露的片段去拼凑、推测得来的。因为所有那些她不肯说的，我也不敢开口问。

记忆中小时候妈妈不在家的时间总是比在家多很多，我也从小就发现我妈在外头的样子跟在家里仿佛判若两人。

在外头跟朋友一起的她，个性阿莎力（阿莎力，是日语翻译成闽南语的意译，很干脆、豪爽的意思），爱说话，心情总是很好，时不时还要哈哈大笑几声，但只要回到家里，她就变成寡言又没有什么笑容的人。对于家里的一切，她能回应的似乎只有沉默，就连面对她两个年幼的小孩也是如此。

在她没有发脾气的时候，家中经常都是安安静静的，静到令人心慌，但划破家中寂静的那些声响更加令人恐慌。

那通常是又喝醉酒的父亲所制造出来的，他从来不曾打烂或摔坏我们家里的东西，因为那样太大声，可能会引来只有一墙之隔的其他房客或是住在楼下的房东关注，太麻烦。他向来只对我妈出气，因为我妈不管被他怎么打都很安静，特别安静。

在我妈真正带我们逃离之前，我就一直相信她总有一天会离开。不知道那是某种预感，还是某种潜意识里的盼望。

小时候我总是经常做着这样一个重复的梦，梦中的场景是一条水泥砌成的短桥，在小桥的两旁满是阴郁的树丛，时间应该是清晨，因为空气中总是飘散着一层薄薄的白雾。

我看见桥的中间有个正往另一端走去的女人背影，有时只有她独自一人，有时会牵着一个小孩跟她一起。虽然我从来没有见过梦中那个女人的脸，但我知道她就是我妈，而那个有时会出现的小孩，是我的妹妹。她们要离开，不带我一起走，我一个人孤零零地被留了下来。

梦中站在这端的我，双脚像是被钉在地上一般，半步也无法移动，我从来不曾追向前去，只能一直站在原地哭喊，哀求我妈不要离去。但真正让人害怕的并不是她要走，而是她不带我一起走。我怕被遗弃。遗弃，代表自己不被爱。

关于不被爱的想象

关于自己可能不被爱的猜想，来由不只是因为经常挨妈妈打，不只是因为妈妈不愿亲近，不只是因为感受到妈妈对妹妹的偏心，更不只是因为知道自己身上留着的血液有一半来自我妈所痛恨的那个人，最主要的原因是心里有个声音总是不断地在告诉自己：“你是不可能被爱的，因为你已经脏掉了。”

是的，尽管那时还是个对性几乎一无所知的年纪，但我父亲对我所做过的事情让我感到莫名的羞耻，那种羞耻感是在写下这段文字的此刻仍难以真正完全彻底地抹去的。现实深植于自己心中的那些扭曲观念，就像是清不尽的余毒，隐隐地刺痛着我的神经。

我一直都知道，是那个曾经的秘密，阻隔在我和我最重要、最依赖的人之间，让我们渐行渐远，直到成为两条平行线。现实里的我就跟在梦中一样，就算再渴望能在我妈身边，都没有勇气试着朝向她走近半步。

在我妈终于带着我们离开那个家之后，我还是持续做着重复的梦，只是情节不同。在新的梦里，我总是坐在不知道开往何处的火车上，只知道自己的目的地是终点站，因为那里是我妈妈所在的地方。梦中的火车经过很多地方，有山川，有海岸，还有人们居住的平房。我看着列车窗外的景色一幕又一幕地变换，心底期待着那个越来越近的终点站。但这个梦每次总是到这里就结束了，梦中的列车从来没有到过站，我也从没有见着我妈妈。这些梦境，就算不是心理分析师，大概也都读得懂反映的是什么。

我一直不断地在寻找我妈，以及那个自己到底是不是被爱的答案。

而我一直误以为，那个答案藏在一个我永远也到不了的地方。

有句老掉牙的台语俗谚是这样说的："手抱孩儿，才知父母时。"才十个字不到，却如此精准贴切。

在生下女儿成为母亲之后，我的身体感受到了明显的改变，包括怎么也平坦不了的松垮肚皮，天气一变就容易酸痛的膝盖，光泽不再的肌肤、头发和指甲，大概肉眼看得见的一切都是衰退。唯独有一事是增长的，那便是对于母亲这个角色的感触与体会。

因为自己身份的转变，那个过去向来只能从"女儿"这角度去理解的世界，突然多了另一个可以观看的视角。从"母亲"的角度去看、去思考，那是我之前从来不曾有过的经验。

:

即便那句老掉牙的俗谚老早已经在我们跳牵亡时听过千百遍，但只有当它真正发生在自己身上的时候，我才终于明白那样简短的句子所形容的万千感受。

所有的一切都来自日常。把屎把尿的日常、喂奶喂饭的日常、生病发烧出疹子的日常、翻身坐立爬行学走的日常。不用说教，不用什么理论，就自然让人都懂了。懂得了身为母亲的有限，也懂得了身为母亲心理机制的微妙复杂。其中最深刻的，是在察觉自己遇到孩子生病受伤时，那种无法抑制的自责感。

每当见着我女儿生病受伤，心里除了难过不舍，总不由得升起一股自责。就算医生再怎么解释那只是每个孩子都至少会出一次的玫瑰疹，就算那只是因为孩子学习走路免不了磕磕碰碰得来的小伤口，都忍不住觉得自己没能保护孩子不受一点病苦伤痛，实在是个太糟糕的母亲。

那是个多么巨大的心理压力，压在天底下许多担任母亲这个角色的女人身上。

在察觉到自己身上那个不管是生物天性或是后天社会文化所设定的“母职自责程序”之后，我突然想到我妈，也突然惊觉自己从未真正想过，在过去那些年，当我在心底怨怼她没能阻止女儿被自己父亲伤害的时候，当我因此怀疑她可能并不爱我的时候，她独自承担着的感受是什么?

那恐怕是无人能想象，也无人能为她分担丝毫的愧疚感。我妈在心底所承担的那些，不会比我实际经历的苦痛少，而我，却一直没有看见。

这个初为人母的新发现，让我忍不住对母亲感到歉疚，也让我再一次为自己感到羞愧。

在片子拍摄的期间我又重新想起了那些梦。站在桥上的母亲背影，从来不曾走到那条短桥的另一端消失离去。她总是那样地缓慢，慢到几乎像是定格在桥的中间，有如在等待着我一般。那辆载着我要去与母亲见面，却从来不曾抵达终点的火车。当我带着失望醒来，却把母亲一直困在梦中等待。

于是我一一记下了那些梦境，并且为她们写了新的脚本，然后在现实人生中去实现它。

不再等在原地，我终于鼓起勇气走向前。

花了将近二十年的时间，我拍完了一部关于我们家的电影，才终于懂得自己在寻找的答案一直都在眼前，只是自己看不见。又或是看见了，却没发现，只因为那个答案，并不是我之前所能想象的模样。

你爱我吗?

原来这个问题的答案可以不是肯定句，也不是否定句。

而是一段很长很长的感叹句。

后 记

拍摄札记

我和我媽媽

The Priestess Walks Alone

二〇一二年，因为女儿的到来，让我决定好好把放在心中很久的那部电影拍出来。

从准备到二〇一四年正式开始拍摄，这期间，留下了一些短文杂想，摘录部分一并收进书里，为这部纪录片留下这些记录。

无论，朋友们想在看片之前或之后读，都无妨。

田调现场 | 二〇一三年十一月二十日

作为我妈妈的小孩，我的确有着非常痛苦的成长经验，然而那痛苦并不是因为我的母亲，而是因为其他人的歧视。就像公听会中站在发言台上神情激动、紧蹙眉头、誓言一定要保护孩子健康安全成长那样的人。

我相信他们想保护孩子的心，如果哪天他们真的愿意多了解不同的家庭，让孩子们可以在身心健全的环境中成长，我也会愿意帮忙。

是的，尽管有人教我歧视、仇恨我的母亲，并对我自己的出身感到自卑，但我不会计较那些，因为我的母亲教会我的，不是恨。

集会 | 二〇一三年十二月一日

这天原本没有打算拍摄，不过后来还是决定出去看看。

大概是因为过去工作经验的关系，一到凯道最先注意到的是设备，电视墙、音响、充气拱门、流动厕所，还有专供主办单位摄影机罩位、捕捉好画面的升降平台。默默估算着租用这些设备所需的费用，心里涌起的是羡慕。

这天活动现场的人数远比我预想的多，不过最让我印象深刻的倒也不是人数，而是现场的欢乐气氛。

从景福门十字延伸出去的人潮，多的是推着婴儿车牵着小小人的小家庭、打打闹闹青春洋溢的年轻人、中高龄的叔伯阿姨，还有一群幼稚龄排排坐在路旁吃点心，就像是哪家幼儿园出来户外教学一般。这天空气干冷舒爽，阳光普照，是再好不过的天气，搭配上这么多开心欢笑的脸庞，其实是幅好景象。

但我却忍不住感到难过，为了那看起来理所当然的欢乐。

活动现场，站在舞台上发言的人，轮番使用各种不同的词语重复放送我也曾经认同的价值——“同性恋是不正常的”。几次举起摄影机按照 REC，一边理性地盘算着这些画面能为我的片子营造出多好的冲突啊，可一边心里又觉得不忍，决定把摄影机关了，收进包里，挤出人群搭车回家。

返家后稍晚发现社交平台被几则跟本次活动相关的讯息刷屏了，有影像，有文字。有些朋友愤怒地指摘或是不屑地讥笑这些人的发言和作为，甚至删掉他们去参加集会的网友。时间若是往回推十年，我应该也会有同样的情绪反应，但现在的我想做的，只是对话。

拍摄这部纪录片的初衷和用意也是在此，不求别的，只期望彼时在集会现场的欢乐人们能够转过头来，看见一直被漠视与仇恨阻挡在外的我们，然后对话，只要这样就够了。

如果丨二〇一三年十一月二十日

母亲不擅言辞，平常也不太对女儿表达自己的情感，时间久了，我们自然也就习惯了这样的相处互动方式。如果不是因为准备拍摄工作，或许我到现在还不会意识到，我对她的认识其实是那么地少。

原本一直以为当初母亲会嫁给我父亲，完全是因为外公外婆的安排，但在一次对话中我才知道，原来母亲当时正好和女友吵架，一气之下，她们两人就都跑去结婚了。经过将近四十年的时间，至今母亲和当时那位女友仍有联系。

知道这段故事后，我除了有些惊讶之外，偶尔也会想，如果不是社会舆论的压力，母亲是否还会选择嫁给我的父

阿女在她大姐家门口

亲？这个问题我还没问她，所以不知道答案。

但如果时间真的能倒转，我很希望母亲可以不用选择嫁给一个她不爱的男人，而能选择和她所爱的人共度一生，甚或是独自一人享受她所享受的自由，只要那是她一直想要的。如此一来，她就不必经历那段充满暴力不堪的婚姻，不必辛苦地带着两个女儿，踉跄逃出那个一点也不像是家的家。

我是真心如此希望，就算那可能会让我因此没机会来这世上走一遭，也值得。

如果，时间真的能倒转。

最困难的 | 二〇一三年十二月三十日

二〇一三年年底的某天傍晚，我正在厨房准备晚餐食材，听到手机连续发出收到讯息的提示声，忍不住先放下手边工作，走到客厅拿起手机确认一下是什么情况。几封讯息都是朋友传来说恭喜的，原来网站刚刚公布短片辅导金的年度补助名单，我的拍摄企划获得了一百万的补助，这可能是近年来短片辅导金给予纪录片这种类型影片最高的补助金额。我忍不住开心地“啊”一声叫了出来。

已经快要两岁的女儿原本在客厅的巧拼上玩着她的积木组合，看到妈妈的奇怪反应，还搞不清楚发生什么事的她，快速地跑过来抱着我，我也蹲低下来抱住她，我们一大一小就这样坐在地上傻笑了一阵。

真的要拍电影了。我回到厨房一边洗菜切菜一边这样想着。

真的准备好了吗？我吃着刚刚煮好的饭菜一边这样问自己。

或许每件事都没有真正准备好的时候，只有决定放手去做的时候。

隔年二月，那部我已经想了十几年的家庭电影确定就要正式开拍。在拍摄之前，我怀着不安的心情告诉母亲，我想要拍一部关于她的电影。她说，那会是一部没有人要看的电影，她的人生不重要，没有什么好讲的。

我说："我要拍给我女儿看，万一她还没长大你就不在了，我现在把你的故事拍下来，这样她长大之后才能够知道她阿嬷是个什么样的人。"

她默默地没有回话。

实在好奇怪，对着我妈，那些类似"亲爱的"好言软语就是难以说出口，可是这种貌似不吉利的话我倒是说得出来，或许是因为知道她也不避讳吧。从好几年前开始，我妈就固定每个月都要到医院门诊拿药，因为所有上了年纪可能会有的毛病她一样也没漏掉，高血压、高血脂、糖尿病、膝盖酸痛、失眠，再加上已经跟着她几十年的习惯性头痛，每个月医生开给她的药多到令人眼花缭乱，有时忍不住要她多照顾自己的身体，她却说反正最后一样都会死掉没有差。

"而且，把你的故事拍出来，也会对其他跟我们有类似经历的人有帮助。"在她回话之前，我又补充了这么一句。虽然这对她大概起不了什么作用，但我还是想要告诉她。

看得出来我妈正在思索着什么，但不管那是什么都是好的，因为以我对她这么多年“田调”的认识，只要她没在第一时间拒绝，就表示有希望。

我妈没有停顿太久，她很快就给出了回答：“好啦。”接着，她转身回房里睡觉去了。

现在回想起来，也许她跨出的第一步比我还要大，如果不是因为这一句“好啦”，后面的那些或许都不一定会发生。

虽然当时我还是没有勇气老老实实地告诉她，她的故事对我很重要，而我拍摄这部片子的真正动机，是为了能够了解她，并且希望她也有机会能够了解我。但我在心里不断地告诉自己，在打开摄影机之后，那些现在还不敢告诉的，我都必须练习慢慢说出口，不管有多困难。

再怎么难，都不会比要一辈子跟自己妈妈当同个屋檐下的陌生人还要难。

《日常对话》剧照

我对面的小女孩｜二〇一四年四月二十六日

“麦克风也 OK 了吗？”我问。

“OK，Rolling.”摄影师这样回答。

“妈，你是从小就都像个男生这样吗？”

我跟妈妈对坐在家中餐桌两边，摄影师把摄影机架在我的身后，陪着我与妈妈进行我们母女这辈子以来第一次、认真但又生疏的对话与问答。

“对，我从小就是这样。”

是在第二次的访谈拍摄，她开始愿意说出关于自己的一些事，从那段听起来像是无忧无虑野孩子一般的乡村童年，到怎么离家北上到工厂工作。虽然多数都在我原本的想象中，因为那些生长在母亲那一代中南部底层人们共同的成长经验对我来说并不陌生，我曾经在书上读过，但其中还是有些段落在我意料之外。

比如我妈说她小时候很怕生，每逢家中有陌生人来访，她就会很紧张、很害怕地躲到屋外的树上去，总要透过树叶间的缝隙确认陌生访客已经离开，她才敢回到家里。透过妈妈的叙述，我在心底想象着那个平时像男孩一样调皮捣蛋的小女孩躲在树上不安的模样。

突然间，想象里的小女孩像是一小块拼图般掉落在我手中，那是能够拼凑我对母亲的认识的线索。我还需要更多，再小块、再破碎都不要紧。我继续追问，催促她继续说。

我问起她跟她的妈妈。当她讲起外婆的时候，感觉妈妈一直都有的那道防护墙像是突然消失了，我看见她的双眼有泪水在打转。

“小时候我很聪明，记得有次看见我妈偷偷藏了一瓶农药在厨房，那个时候在乡下很多自杀的人都是喝农药结束自己生命的，我想她应该也是想要自杀，就趁她不在的时候偷偷把那罐农药拿到外面的水沟里丢掉。”

我妈边说边伸手揉了一下眼睛，也趁机擦去了眼泪。她说外公是个脾气非常不好的人，时常对外婆大呼小叫地责骂，加

《日常对话》剧照

上生活很辛苦，或许是因为这些原因外婆才会想要寻短见。

比起外婆为什么想自杀，我更在意的是那个偷偷拿着农药去丢掉的小女孩，在当时心里感受到的是什么呢？她是不是也很害怕被她的母亲遗弃，就像小时候的我所害怕的那样？我不知道原来这个打从我出生就见到的妈妈，曾经也只是个需要母亲依靠的小小孩。

外婆后来是因肝癌过世，临走前整个肚子胀得好大好大，但四肢又好瘦好瘦。妈妈说她抱着外婆一直哭，一直哭。那个时候，我妈只不过才二十五岁。

我妈说，直到我外婆死去的前一刻，心里最放心不下的还是她。

我对外婆几乎没有什么印象，仅存的记忆片段是在她出殡的那一天，我记得自己被套上一袭深蓝色、很轻薄又很硬直的长衫，那是台湾地区习俗里孙辈孝服的专属色。我记得那天是个有阳光的好天气，在我妈小时候每天赤脚跑来跑去的祖厝大埕上，摆了几张又高又大的红色木板圆桌，圆桌上放了许多祭品，我跟其他一样穿着深蓝色孝服的小孩被一起带到圆桌前，重复几次跪下磕头、站着鞠躬的祭拜仪式。我和几个年纪相近的孩子都不太能自己依照指令动作，大人只好站在他们各自的小孩身旁或身后，粗手粗脚地直接摁着我们下跪，再提着我们站起来。当时我妈心底恐怕比我们几个手忙脚乱的小孩还慌乱，而且没有人能在后面帮助她。

为什么过去我从来没想过，就算是当了妈妈的人，也会有无助的时候呢？

妈妈不是万能的无敌女超人，没有人应该是。

写在正式开拍后｜二〇一四年五月一日

“每部电影都有自己的生命周期，何时被发想、拍摄、完成、被看见，都自有其时程，只待一切因缘俱足。”

在片子进度停滞不前的二〇一三年秋初，一位韩国制片人这样对我说。

随着二〇一三年年底开始经历了与拍摄团队的磨合以及自己有了小孩，多了母亲这个身份之后的心态转变，现在再回头去想那句话，似乎更能理解其中的含义。

最初萌发拍摄这部影片的想法在一九九八年，尽管陆陆续续拍摄了一些画面，却一直没有好好认真思考该怎么说这个故事。原本觉得片子几乎没进度地搁置着很可惜，但现在往回看，才明白延宕这么多年之后才真正开始，应该觉得庆幸。

如果在一九九八年，那个二十岁的我真的把影片做完了，我猜想那一定会是一部充满怨怼与恨意的片子。对我自己以及所处的环境会是件好事还是坏事，都难说。随着年岁增长，随着认识自己的程度愈深，就算那些怨恨没能完全消失，但我至少有了理解和安置它们的更为合适的角度。

十几年过去，二〇一四年的现在是不是最好的时间点去完成这部影片，我也不敢说。但能确定的是，现在这个

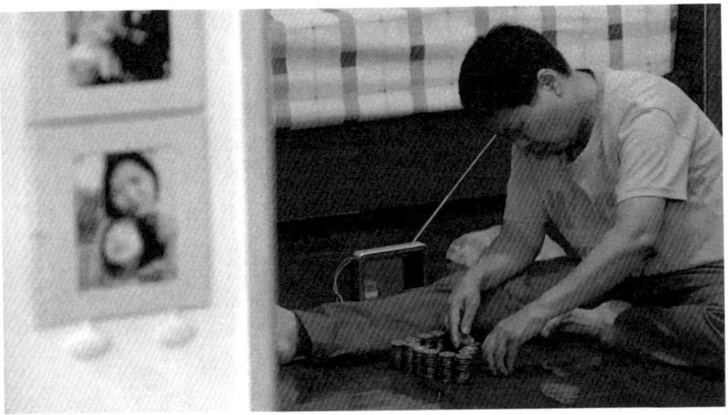

《日常对话》剧照

三十七岁的我，一定会比二十岁的那个我更合适，也更有能力去处理，不管是影片，或是人生。我想，这就是时间的功能。时间从来不会帮我们解决任何问题，但时间可以让我们比较有能力去解决问题。

是时间，以及许多人的协助，让这部影片因缘俱足，我接下来该做的，就只是好好将它完成。

《日常对话》剧照

天下的妈妈都是不一样的 | 二〇一四年五月十一日

今年也一如往常，妈妈还是不要我们帮她过节，不过她倒是自己约了朋友一起在某个庙口吃饭庆祝母亲节。我觉得这天怎样过都好，只要她觉得开心就好。

但愿所有女人今天和往后的每一天过得都好，想成为妈妈生养小孩的都能如愿，不想生育的也不必面对亲友和社会的压力。天下的女人都是不一样的，但愿我们都有做自己的自由与权利。

母亲节快乐!

镜头前后 | 二〇一四年五月

五月，短辅的第一期资金已经用得差不多，摄影师暂时休息，换我自己拍摄。

我和妈妈虽然一直都一起居住，但日常生活几乎没有交集，彼此间保持着一段看得见的距离。有趣的是，当我拿起摄影机拍摄她的时候，却发现自己总是急切地想要靠近妈妈。近景、特写、大特写，眼尾的皱纹、手背上逐渐干瘪的皮肤、染不完盖不住的白头发，我都让它们充满画面，甚至满出了画面。构图没有意义，能多近就靠多近，就好像，像是要弥补现实生活中的我不敢靠近的遗憾。

镜头前的人隐藏不了自己，其实镜头后的人也是。

妈妈的老家 | 二〇一四年六月二十二至二十三日

六月，两天拍摄，两天开会。

因为拍片，妈妈在隔了十多年之后才又踏上回北港老家的路。

妈妈的家乡一直是个我很喜欢但她自己很不喜欢回去

《日常对话》拍摄现场

的地方。问她为什么那么讨厌回家乡，她的理由永远都是同样的那两个：交通很不方便，而且很无聊。

如非必要不会想回家，仿佛乡愁在她身上起不了作用。

妈妈和她兄弟姐妹的关系也差不多如此，有一种相忘于江湖的哲思。

这样再回来看她和女儿的关系淡薄，似乎也就理所当然了。

不是不爱，只是没有很多牵绊，如此而已。

打枪 | 二〇一四年八月七日

这部片子从开始打算拍摄到目前为止，寻求制作资源的过程应该可以算是顺利的，至少在台湾地区几个符合申请资格的电影补助单位，我们全都面试过一轮了。当然也不是没被打枪过（打枪，指遭受很大的打击和失败），但我知道那都是因为自己准备不足才没入选，只要让自己准备得更充分再重来一次就好，不必气馁。

我比较在意的，是在另外一个场域被拒绝。

今年上半年分别接获两场研讨会的邀请，两场邀约我都答应出席，但后来都以被拒绝收场。

被拒绝的原因各异，但应该也很一致。根据转述，那律师公会表示我的身份太过 radical（激进），会让研讨会中立场全然不同的一方不高兴。

原来我什么事都不必做，什么话都不必说，光是存在就足以刺激到一些人，令他们不悦了。所以我只能以某个研究报告中的个案或数据的形式被讨论，不能真实现身被看见。

这让我想起我的制片一直提出的一个问题：为什么一定要把这个故事拍成纪录片，而不是用其他形式呈现？

我想，这就是其中一个原因：不能只透过文字或是剧情片里演员的演出，当大家不想看见某些真实的存在，我们就更应该真实地被看见，活生生地，让他们无以回避。

摄影机 | 二〇一四年八月十八日

“妈，明天开始我每天都给你十分钟，让你自己对着摄影机讲话好不好？你想说什么都可以。”

“好啦。”

有点出乎意料的，母亲什么也没多问就答应，我就这样开始了新阶段的拍摄。没有摄影师，也没有导演，就只有母亲自己和摄影机。

母亲还真的对着摄影机说话了，姑且不论她说了些什么，重点是她愿意说。这让我想起最近和工作团队讨论到的一件事：摄影机是否会成为我与母亲之间对话的障碍与阻隔？我觉得，对于总是习惯压抑及隐藏情感的我们来说，摄影机反倒成为一个助力，不同程度地推了我与母亲一把，让我们有点勇气去说。

期待，有天我们可以不需要这个媒介，也能好好地对彼此说出想说的话。

接受自己 | 二〇一四年八月二十四日

“我觉得作为不是所谓主流家庭的一分子，是幸运的事。因为那让我们有机会经历其他多数人没有机会经历的，让我们得以看见主流以外的世界。所以，希望我们都能好好珍惜自己作为一个主流之外的人，因为那让生命变得更宽广，并且让我们可能成为更好的人，而非更差。”

今天带着女儿去同家会的募款茶会，在被邀请上台时我说了这样一段话。

“Different, but not less.”

《日常对话》剧照

《日常对话》剧照

曾经我很需要有人能这样告诉我，好让我能有多点勇气去接受自己，以及我那个看似支离破碎又不正常的家庭。

但原来其实不用等待别人，我们自己就可以这样告诉自己。

秘密｜二〇一四年八月二十四日

今日拍摄感想：所谓秘密，守着难，说出口更难。

魔幻时刻｜二〇一四年九月八日

“妈，那个甜不辣和玉米要切吗？”

“不用啦，直接烤就好。”

中秋将至，于是这两天最常听到邻居的对话大概都是这样。

不知怎么的，我总是会想到Magic Hour（魔幻时刻）这个词。

摄影的魔幻时刻，是日将落下之前那极为短暂、天空光影却万千变幻的瞬间。可我觉得生命里的魔幻时刻，并不总是那绚丽的模样，它通常没有让人屏息或叹息的美，而是隐身在平淡的日常，比如我这两天不断听到的那些柴米油盐的对话里。

每个片刻，都是人生的Magic Hour。

幸福｜二〇一四年九月九日

今日拍摄感想：能够侃侃而谈自己的幸与不幸，都是幸福的。

阿女在《日常对话》后期制作现场

推荐文

割不断的生命循环

翻开这本书，不禁暗暗吃惊，黄惠侦导演和我的成长经验竟有诸多雷同之处。她一开头写着：“月女，是我母亲的名字。”多么巧，我的外婆也是叫“月女”。就像书中所说，这个名字是“月亮及女性，让人联想到的应该都是阴柔的事物及感觉。”但讽刺的是，叫“月女”的女子却一点也不温柔，她们不是大众所期待的典型女人——惠侦导演有个不太一样的妈妈，而我的外婆则是脾气暴躁又刚烈，我对她印象最深的，就是她从没和我外公说过一句话。我到现在还能清楚地记得她那倔强紧抿着的嘴角。

原来我们对于女性一向怀抱着多么错误的想象，以为“温柔婉约”“相夫教子”就是女人该有的模样，但看看我们的外婆、母亲，甚至我们自己，既不温柔也不乖巧，更不想相夫教子，一生的所作所为，不就是在对这个性别框架提出无声的对抗？

于是这本书的故事就从这样的一个女人开场：她来自云林北港的小农村，没机会受什么教育，在二十世纪七十年代她到台北的工厂打工，然后在父母的安排下结婚、生子。她的丈夫是酒鬼加赌徒，还有暴力倾向，为了养活两个小孩她开始加入牵亡的阵头，最后自己组团自立门户，带着孩子逃出中和出租公寓四处漂泊。她喜欢看歌仔戏，一辈子交了许多朋友，勇敢寻爱，而当她的女儿长大成了一个知名的导演、为她拍摄纪录片时，她对着镜头坦白地说：“我想要自由。”

我很讶异惠侦导演不仅擅长运镜，还可以用如此洗练干净的文笔，冷静地梳理这些看似通俗剧才会出现、却异常讽刺地在现实人生中活活上演的素材。书中的字句大多只有主词和动词，而形容词不知是有意呢、或是无意地被作者拿掉了，于是只剩下人和动作而已，在读者的眼前赤裸裸地组合成一页又一页素朴的生活，让人直见到生命的底层。在那里，没有浪漫的想象，也无须任何的修饰伪装，而人就是活着，如此而已，活着。

所以这本书一下子就打到了我的心底，真是好看。这些字句化成了一块块扎实的砖头，堆砌出一个真切到令人不忍直视的人生。惠侦导演原可以把它写成一部洒狗血的作品，但她没有这样做，一点也没有，我们找不到任何足以煽动情绪的字眼。就像这本书相对应的纪录片名《日常对话》一样，书中所写的一切都是日常，而我看到的是一个哀而不伤、悲而不怨的女儿，她对于自己的母亲、甚至对她性侵家暴的父亲的理解、同情与爱。

《日常对话》中让我印象最深刻的人物，却是父亲。在女儿的记忆中，他被化约成一个施暴者、伏地魔，然后大多数的时间缺席不在，只残存几个生活的片段，拼贴出一幅虽精简却强烈的图像。父亲仿佛是一本女儿没能力去完成的书，到此为止，而在他的剪影背后，是一大片无法言说的黑暗。这里只有独白。

这让我想起了自己的父亲，也是个浪子，也同样在最后一切气力都耗尽时，就干脆自我了断。我总不懂男人怎么可以这样了无牵挂、赤条条地一个人来去？然而女人不同，即使是像阿女这样的妈妈。女儿和母亲总是无法割舍断，尤其当女儿自己也成为了母亲以后，三代母女之间的生命更成了不可切割的循环。就在同一个屋檐下，外婆、母亲到女儿……是一个小小母系社会的缩影，也是唯有女人才能经历的奇妙生命周期，彼此之间有爱有恨，有不解和谅解，纠结太多，这故事岂能诉说得完？

对话，依然在每分每秒之间持续。

——作家 郝誉翔

把爱与恨都重新理解一遍，回家的路就会明亮一点

“那个秘密让我无法爱自己，也无法全然无疑地去爱我妈。”

作者很有勇气，也很幸运地有能力透过影像记录，揭开了这个秘密，让这个秘密见了光。可是，比较少人愿意这么做，因为太苦太痛，又可能从此承受异样的眼光，或者身边的相关当事人蓄意忽视或打压，造成第二次伤。

“曾经我以为，将这些不堪带进坟墓，随着我的尸骨一起被埋葬是最好的选择，只要不去碰触、不要提起，就没有人会受伤害。但我错了。那个秘密就像是没有处理干净的伤口，尽管我努力覆盖上一片又一片的白纱布，也无法帮助它愈合，反而使它更加恶化，连周围的组织都被感染。”

作者的体会，跟我在临床工作上的经验类似。家庭里的秘密，常具有比我们想象中来得大的杀伤力，有些是真的

丑恶，有些则是说开了就没什么的事，但是当事人一直耿耿于怀，于是积累成隐隐的刺痛。

秘密有时像是一堵透明的墙，阻隔了家人之间的情感交流，也可能因此让自己不敢面对自己。

也是因为作者够敏感，感受到秘密所产生的效应，所以才开始用影像与文字进行理解的动作，让接下来在自己心里发酵的谅解与和解成为可能。这也能让某些家庭互动的惯性不至于持续复制下去，再在作者与新生女儿之间的母女关系中重现。

不过，不少人的敏感度不够，或者想办法让自己麻痹或麻木，然后以为事情能就此过去。然而，没处理好的情绪常像阴魂鬼魅，用某种意想不到的样子冒出头，干扰我们的生活。

作者听到了她自己心里的声音，没打算置之不理。注视自己，并且理解自己、鼓励自己、安慰自己，这就是爱自己的基本动作。

我们对于原生家庭中的父母，常有一些遗憾。这些遗憾等到我们大了之后，我们有机会做自己的父母，这才给了我们想要但没有得到的疼爱。然后，自爱而爱人，把我们想要在亲子关系中得到的再传递下去，那又是另一波疗愈。

“在过去将近三十年的时间里，我一直都只能看见我父亲的暴烈与无情，要到自己也有了孩子，我才有能力去看见他的局限与无力。”

理解原生家庭，要花上的时间，可能是几十年，这并不是夸张的事。当父母是难度很高的工作，容易把一个人的心力与体力逼到极限。自己当了父母之后，很多我们原本看不见的局限与无力，就渐渐地浮上了意识层面。

家庭里面在互相折磨的，常常就是彼此在性格上的软弱与缺陷，不过，通常会经过包装，像是用生气去掩盖挫折与恐惧，所以会留下许多疑惑与不解。此外，人生经验的多寡也会影响我们所看到的家庭影像是清晰还是模糊。当孩子成长之后，见过了外面的世界，会比较容易借着更丰富的人生经验，回头以更高的视野，谅解原生家庭里的每个人都有各自的不足。

“如果当初，我跟妹妹愿意亲近他，叫他声爸爸，他会不会因此就能给自己找到一个台阶下，不必一直用暴力去维持，或说去确定他在这个家里的位置和尊严？如果当时有人能够试着去理解他，也帮助他去看见、理解自己的状态与暴力来源，他会不会也有改变的可能？”

要能理解一件自己身在其中的事，我们可以使用“负责”而非“自责”的态度。如果我们很认真地自责，其实很多事我们会被沉重的情绪压力压得无力想下去。用比较中性或淡然的态度去看，我们会比较能还原事件原貌，找到“我”在这些错综复杂的关系里的位置，那会更容易负起属于我们的责任。

爸爸的挫折很明显，他不但在社会的边缘，也在自己新建的家庭边缘。

“好奇怪的，我的恨从来都不是因为父亲对我做了什么，而是来自她的不问。”

我不知道作者有没有意识到，她在这本书里面，也藏了很多秘密。有些点到为止，还没解析，也有些则藏在字里行间，暂时隐身不见，等着将来继续面对。像是，父亲是如此不称职，为什么作者的恨意，是往相对愿意承担的妈妈那里去?

有一个基本的原则，我们可以拿来思考：在关系里面，我们对一个人有愈多的期望，就容易累积愈多的情绪。如果用这个原则来看，作者对父亲的期望，大概老早就放弃了许多，但妈妈是救命的稻草，几乎是唯一的依靠，于是自然连作者对爸爸的期望，都一起聚焦在妈妈身上。

一个人能回应另一个人的期望，是有限的。再多，就变成失望，乃至于恨。

不过，故事还没结束，作者依然继续努力，这恨还有机会转化。这本书出版之后，我猜对作者又会是新一波思想上的冲击。

祝福她能撑下去，她大概不知道，我面对的人里面，也有许多朋友正用各自不同的方法，在找回家的路。作者所离不开的家，与其说是在中和，不如说是在她自己的心里，还有那些陈旧的记忆。能跟这些陈旧的伤痛相处，而安然自在，甚至感恩，那么，作者离她期望中的家，就不远了！

——临床心理师　洪仲清

无可理喻的日常

观赏影片《日常对话》时，看见母亲与女儿坐在桌前的对话，总觉得两人之间的断续语言，好像在寻求一场和解。妈妈勇敢面对女儿的提问，那一幕，深深烙印在我的内心。生活是那么琐碎，那么乏善可陈，却带出了一个母亲的秘密世界，也带出了女儿的某种谅解。

如今，黄惠侦又以文字建构她自己的成长记忆，似乎更加动人心弦。文字有时比起影像更能描绘感情的幽微，书中所叙述的缺席父亲，较诸影片还更为鲜明；尤其描写母亲带着两个女儿离家出走那个场景，好像是一次永恒的诀别。那不只是告别自己的童年，也告别了一个非常不堪的家。

黄惠侦的文字是那样干脆利落，却带给读者无比的心痛。她是勇敢的作者，让我们与她一起走过不为人知的从前，也使我们不能不向她致以最深的敬意。

——政治大学台文所讲座教授　陈芳明

女儿的安神贴

看电影《日常对话》时，有几段我是憋着气看的。像是童年看恐怖片的经验，你知道僵尸要来了，你憋气。现实太伤人了，故事里那些没有变成僵尸的人，仍旧记得血淋淋的咬痕。

这本书可以是独立的，没看过电影也不影响阅读。以女儿的角度看待父母，那个受伤的孩子还是偶尔会出现，但是长大成人之后，目光渐渐转成平视，平视另一个脆弱的成人，宽容对待他人无出路时刻的选择。

如果你看过电影，这些文字像是幕后说明，僵尸曾经是人，在他们的灵魂完全死去之前，曾经在困顿中挣扎。也有过好事，温暖的片段、苦难中的甘甜会被更为珍重地对待。

影像跟文字，都成为安神的符咒。黄惠偵一步步地从那个黑暗破败的房子里，凿出一条离开的甬道。

——作家 李屏瑶

我们的家庭、我们的姐妹、我们的历史

像大部分人一样，我是因为《日常对话》才知道黄惠偵导演。但是这样的纪录片，或是说这样的真实故事，我可是等了半个世纪。

《日常对话》早已超越同性主题的框架，不只是描述困难的家庭关系，也从她们身上反映整个社会的时代演变。电影受限于拍摄素材，银幕上很难呈现全貌，然而在平稳沉静的字里行间，可怕的传统现实欺凌女性的场景，令我格外愤慨。重男轻女的传统思想真的严重腐蚀人心，别说是过去式，我到现在还是常常听到闽南家庭的女儿不能获得遗产，或是怀了女婴的媳妇得不到婆家谅解。

书里的阿女一登场，提到她父亲就是不给两个姐姐上学念书，而是勉为其难才让阿女念小学。她父亲一向只给男孩零用钱，女孩只有家务和农活。

转到阿源的家庭。屈指可数的记忆透露，作者小时候

回到父亲老家过年，爷爷奶奶从来没有抱着孙女道别。阿女的解释尤其感伤，因为孙女不能传承姓氏，爷爷根本不在乎。

这两段场景，表面上是形容外在压力，真正心酸的是出自阿女的解释。明明是重男轻女的这两段场景，表面上是形容外在压力，真正心酸的是出自受害者，好像也潜移默化成内心制约。或许这能解释阿女和书中好几个受到家暴的妇女，常常到忍无可忍的地步才会逃离家庭。

其实男性也躲不掉重男轻女的毒害。当男性觉得可以完全主宰家中女性，就会轻易为自己的无能为力找到代罪羔羊，诱发人性最坏的一面，终至自我毁灭。我猜想酗酒只是阿源逃避的手段，但是他没有办法“逃离家庭”，只好自杀逃离自己。

有些段落让我联想到其他作品，可能是一般人无法体会的阅读乐趣。例如关于阿女的第一段恋爱，似曾相识的情节出现在凌烟的小说《失声画眉》、萨拉·沃特斯（Sarah

Waters）的《轻舔丝绒》（Tipping the Velvet），还有以宝家歌剧团为题的纪录片《梦幻女孩》中。

书中提到作者小时候不明原因地特别讨厌父亲穿着黄色的内裤，这段创伤的历史在电影和书中有不同的纠结方式。书里因为这个“黄色”产生另一种色彩心理学的意义。在萨拉·沃特斯另一部作品《荆棘之城》（Fingersmith）中，初期主角玛黛与苏珊共进下午茶，大小姐认为女仆是坏人，把三个鸡蛋都推给对方，自己连手套沾蛋黄渍都受不了。后来我才知道，黄色常象征邪恶，就像鳄鱼的黄眼睛。

最后，看完电影和书，我有个疑问始终没有找到答案。黄惠侦导演后来是如何克服困境，反转悲情？我们现在看到一个段落的closure，在她到达定论之前，经历了多少事情？我相信会是另一个精彩而且发人深省的故事。

二〇一七年四月十五日，我号召社群网友一起赞助《日常对话》映演。电影的尾声，一向面无表情的阿女会抱着外孙女，还会回应我爱你，也仿佛所有不擅表达的家庭都能在此刻大和解。

我在映后 Q&A 尾声，在前台代表所有观众拥抱这位瘦小但是充满能量的姐妹，直接用行动表达敬佩之意。这本书则像是电影映后 Q&A 的三天三夜加长版，不只可以清楚电影不及表达之处，还能把书靠在心上，学着《三个傻瓜》轻敲着胸口，让人再次充满无比的勇气面对人生的考验。

——Oange Fruit